文庫

文庫書下ろし

花菱夫妻の退魔帖　四

白川紺子《こうこ》

光　文　社

この作品は光文社文庫のために書下ろされました。

花菱夫妻の退魔帖　四　目次

淡路の君
上臈の怨霊で幽霊を食らう。花菱一族の女で、かつて淡路島に島流しにされた貴人の怨霊を慰める役割を担っていた。
孝冬
神職華族である花菱男爵家の次男で、現当主。商人として手広く商売をするかたわら、淡路の君のため幽霊をさがして与えている。
鈴子
瀧川侯爵家の末娘。侯爵と瀧川家の女中だった母との間に生まれ、幼少期を浅草の貧民窟で過ごす。元「千里眼少女」。17歳。
花菱夫妻と十二単の女

花菱夫妻にまつわる人々

嘉忠（右）・嘉見（左）

嘉忠は本妻の子で瀧川家跡取り。嘉見は雪子と朝子の弟。

雪子（右）・朝子（左）

鈴子の異母姉で、双子。千津の娘。

千津

瀧川侯爵の妾で、雪子、朝子、嘉見の母。

タカ

鈴子の御付の女性。

由良

孝冬の使用人。

わか

由良の幼なじみ。

銀六

母亡き後の鈴子の面倒を見ていた男性。

テイ

銀六とともに鈴子の面倒を見ていた女性。鈴子の母の友人。

虎吉

銀六、テイとともに鈴子と暮らしていた老人。

イラスト　斎賀時人
デザイン　ウチカワデザイン

神の居ぬ間に

においがするんです、と中嶋《なかじま》秘書は語る。

「むっとするような、血のにおいです。それが昼下がりの暑いさなかに、ふと漂ってくるんですよ。玄関のほうから。暗いんです、玄関は。朝でも昼でもいけません。雨の日みたいにそこだけ妙に暗くって、陰気なんです。ひんやりしているのに、じめっとして息苦しい。そこから血のにおいがする。猫か狸《たぬき》か、入り込んだ獣《けもの》が死んでいるのやもしれぬと思ったんです。最初は」

ふう、と中嶋は息をつき、手の甲で額《ひたい》の汗をぬぐった。八月の宵《よい》である。花菱《はなびし》邸の応接間には、まだ昼間の暑気が残っている。向かいに座る孝冬《たかふゆ》のこめかみにもうっすらと汗が浮かび、その隣に座る鈴子《すずこ》も暑さに辟易《へきえき》していた。開け放った掃き出し窓からは一陣の風も吹き込まず、ねっとりとした宵の薄闇だけが染み込んできそうだった。蚊遣《かやり》の煙のにおいが鼻につく。

「この暑さですから、獣の死骸なんてすぐ腐るでしょう。困ったな、と思って玄関に向かいました。そうしたら、誰かいるんですよ。ご婦人です。それが薄暗いなか、立っている。

戸を開ける音もしなかったし、呼びかける声もしなかったのに、と思いながらも、訪問者ですから、あわてて出迎えようと近づいたんです」

そして、腰を抜かしたという。

「血まみれだったんです。上から下まで血しぶきで真っ赤で。もう、私は泡を食ってしまいまして、悲鳴も出ませんでした。ともかく恐ろしくて、廊下を這《は》って逃げようとして──待てよ、怪我人が助けを求めに来たのかと思い直し、ふり返りました。すると、そこにはもう、誰もいなかったんです。もとの薄暗い玄関があるだけでした。今度こそ、私は血の気が引きました」

中嶋の顔は、そのときを思い出してか、青ざめている。

「先生に訊《き》くのはためらわれて、べつの秘書に尋《たず》ねました。あの屋敷には幽霊が出る、などという噂《うわさ》がありますか、と。彼は気の毒そうに、『あそこが幽霊屋敷なのは、有名な話だよ』と言いましたよ」

『先生』というのは、彼が秘書を務める貴族院の議員である。彼にその屋敷を破格の家賃で貸したのは、その議員だった。

どうも、知らぬのをいいことに、幽霊屋敷を押しつけられたらしい。

中嶋は泣きべそをかきそうな顔をする。

「家賃の安さに飛びついた私がいけないのです。安いのにはわけがあるというのに……」

――その『わけ』を言わずに貸したなら、それは貸したほうが悪いだろう。

鈴子はそう思うが、いまは誰が悪いという話ではない。話の腰を折らぬよう、黙っている。

「あの屋敷は、もとは旗本《はたもと》屋敷だったそうです。それを政府からの払い下げで楡《にれ》子爵が買い取って住むようになり――楡子爵はご存じでしょう？　長州《ちょうしゅう》の」

たしか、長州出身の華族である。初代子爵はすでに故人のはずだ。

「その楡子爵から先生が買った屋敷なんです。とはいえ、先生ご自身はそう長くは住まず、書生の寮にしたり、大学生の下宿にしたりしていました。その書生や学生たちのあいだで、噂になっていたそうです。幽霊が出ると。私が見たのとおなじ、血まみれの女が玄関にいる、という……」

中嶋はごくりと唾《つば》を飲み、また額の汗をぬぐった。宵の闇は深まり、暗さを増している。暑さは和らいできたものの、肌にまとわりつくような湿気は増すように思えた。

「噂では、旗本の屋敷であったころに主人に殺された妾《めかけ》の幽霊だと言われています。根拠はわかりません」

『主人に殺された妾』というのは、よくある幽霊話である。旗本屋敷だったところに現れる女の幽霊だから、という程度の理由だろう。

「どうか、お祓《はら》いをお願いします。花菱男爵」

中嶋は膝《ひざ》に手を置き、深々と頭をさげた。

「家内はいま、臨月なんです。子供が生まれるので、広い家に住もうと引っ越してきたわけで……」

「奥様は、いまもお屋敷に？」

鈴子はつい、口を挟んだ。中嶋はまばたきをして、鈴子のほうに顔を向ける。

「いえ、実家に帰しております。家内も怖がるもので、体に障《さわ》ってはいけませんから」

「賢明な判断です」とうなずいたのは、孝冬だ。「では、いまお宅にはあなたおひとりでお住まいですか」

「はい。恥ずかしながら、玄関は通れず、勝手口から出入りしておりますが……なかで暮らすぶんには、怖いことはなにもありませんので」

玄関に佇《たたず》むだけの、血まみれの女の幽霊。なにもしてこないにしても、恐ろしいには違いない。

「多幡《たばた》さんのお屋敷の件も解決なさったと聞いております。外聞がありますから、誰彼となく頼むわけにもまいりません。花菱男爵だけが頼りなのです」

多幡というのは、以前、屋敷に出る幽霊のお祓いを依頼してきた人物である。中嶋は多幡の紹介で花菱家を訪ねてきたのだ。

「どうか、お願いいたします」

ふたたび深く頭をさげたあと、中嶋は帰っていった。

鈴子はちらと孝冬を見あげる。

「お忙しいでしょうに、お引き受けになって大丈夫でございますか」

花菱家の本拠地である淡路島《あわじしま》から東京へ戻ってきて、半月ほどがたつ。この間、孝冬は多忙を極めていた。彼は薫香《くんこう》の会社を営んでいるが、東京を離れていたぶん、仕事が溜まっているのである。

「ちょうど一段落したところなんですよ。大丈夫です」

孝冬はにこやかに答える。「中嶋さんはいいときに来ました。運がいいひとだ」

彼、花菱孝冬は男爵で、淡路島にある神社の宮司でもある。いわゆる神職華族だ。表立ってお祓いだの祈禱《きとう》だのを頼みにくい、外聞を憚《はばか》る人々は、彼にひそかにお祓いを依頼してくる。だが、孝冬は実際、神職のやるようなお祓いを行うわけではない。

孝冬には——いや、花菱家の当主には、代々怨霊《おんりょう》が取り憑《つ》いており、それが幽霊のたぐいを食ってしまうのだ。怨霊を、『淡路の君《きみ》』と呼ぶ。

鈴子と孝冬は、この淡路の君を祓うことを目標としている。わかっていることはすくなく、前途は多難ではある。

「多幡さんがやってきたときは、驚きましたが」

孝冬は苦笑する。鈴子は多幡のずんぐりとした体格に丸眼鏡の、ひとのよささそうな顔を思い出す。多幡は今日の昼間、孝冬の会社にやってきて、今回の件を頼んできたのだという。

『中嶋さんが気の毒だから、ひとつお願いします』と、上等の錦玉羹《きんぎょくかん》を手みやげにして。その錦玉羹は透き通ったなかに金魚を象《かたど》った羊羹《ようかん》が入っているという美しい品で、そのうえたいへん美味であった。

「鈴子さんへの手みやげを用意されては、断れませんからね」

それもことのほかおいしいお菓子とあっては――と、孝冬は笑った。

炎暑に出かけるとあって、鈴子は目に涼しい水色の紗《しゃ》の着物を選んだ。流水の地紋に、地紋起こしでところどころ銀糸の刺繡《ししゅう》を重ねてある。合わせる帯は、やはりできるだけ色数を抑えたほうが暑苦しくなかろう、と御付女中《おつき》のタカと相談し、白い絽綴《ろつづ》れに薄藍《うすあい》で観世水《かんぜみず》を描いたものにした。この帯はお太鼓《たいこ》に金魚が描かれている。羽織を着てしまうと見えなくなるが、帯留めは彫金の金魚にした。羽織は限りなく白に近い藍白《あいじろ》の紋紗で、地紋はやはり流水である。

「鈴子さん、どちらがいいと思いますか？」

白麻《しろあさ》の三つ揃《ぞろ》いに身を包んだ孝冬が、空色と青磁鼠《せいじねず》のネクタイを手に訊いてくる。鈴子は「そちらのほうが」と空色のほうを手で示した。どちらも鈴子が選んで買ったネクタイだった。ネクタイピンとカフスボタンは月長石《げっちょうせき》のもので揃えた。着替えのさい、こうした小物を選ぶのが当たり前になってしまったが、孝冬が満足そうなのでいいかと鈴子は思っている。

「淡路に出かけて以来、前よりずっとご親密になりましたねえ」

などとタカは笑って言う。鈴子としては、淡路島に行く前と行ったあとで、とりたてて変わったことなどないと思うのだが。

玄関の扉から一歩外に出れば、まばゆい陽光に目が眩《くら》む。向かうべき屋敷は市ケ谷《いちがや》の高台にあった。以前にも訪れたことのある界隈《かいわい》である。外濠《そとぼり》沿いの高台で、眺めのいい屋敷町だ。華族や政治家のほか、実業家に軍人、学者など新興の実力者たちが集まる地域でもある。

鈴子と孝冬の乗った自動車は、昼日中《ひるひなか》の街をゆるやかに走った。真夏の午後という最も暑いさなかに出歩くひとはすくない。車夫は木陰に休んでおり、あたりには行商人の姿さえろくにない。強い陽《ひ》の照りつける道は撒水夫《さっすいふ》が撒《ま》いた水もすぐさま乾いてしまい、車輪に砂埃《すなぼこり》が舞う。その道の端を、籠《かご》を背負った屑《くず》拾いがうなだれて歩いている。窓から吹き込んでくる風はぬるく、汗がじっとりとうなじに浮かぶ。

「やはり日が暮れてからにしたほうがよかったでしょうか。暑気あたりなどしてはたいへんだ」

孝冬は気遣わしげな視線を鈴子に寄越す。あまりの暑さに彼は上着を脱いでしまっている。

「夜にしか出かけられないのでは不自由ですし、車ですからまだ楽なものでございましょう」

「帰りに銀座にでも寄って、冷たいものでも食べていきましょうか」

銀座は『帰りに寄る』どころか遠回りになるのだが、冷たいものには心惹《ひ》かれた。水菓子にアイスクリーム、白玉にところてん……夏場は鈴子でも食欲が落ちるが、冷えた甘いものならつるりと喉《のど》を通る。

鈴子の表情を見て、孝冬は朗らかな笑みを浮かべる。

「資生堂《しせいどう》のアイスクリームソーダか、凮月堂《ふうげつどう》のウエハースの載ったアイスクリームか、はたまたべつの店にするか、帰るまでに考えておいてください」

「考えるべきは中嶋様のお宅の幽霊についてだと思いますけれど」

と言うものの、鈴子の頭の端には早くもアイスクリームが陣取っている。

「いまのところ、考えても答えは見つかりませんからね。――ほんとうに、大丈夫ですか？　鈴子さんおひとりで」

「どんな幽霊か、たしかめてくるだけですから」

屋敷にいる幽霊を、まずは鈴子がたしかめてくる。孝冬は外で待つ。今回は、そういう段取りを決めてあった。淡路の君に幽霊をうっかり食われぬための用心である。彼女にも好みがあり、恨《うら》み辛《つら》みの深い女の幽霊などはことに好みのようで、即座にとって食らってしまう。

鈴子は淡路の君に哀れな幽霊を食わせたくない。だが食わせずにいると、淡路の君は祟《たた》りをなすと言われている。だから与えねばならない。それを思うと、鈴子は気分が重くなってくるのだった。

食わせる幽霊、食わせぬ幽霊を選別せねばならないのだ。それは人間の分を超えた行為に思えた。

今回の、まずは鈴子がひとりで確かめるという方法も、ほんとうにいいのかどうか、迷いがある。鈴子たちでどうにかできそうな幽霊なら、淡路の君とは会わせない。しかし、そうでないなら——？

——もし、自分たちで解決ができなかったら……。

淡路の君に食わせるしかないのだろうか。かつて花菱家当主がそうやって使役してきたように。

淡路島で、鈴子は淡路の君は花菱家に嫁いできた女性なのではないかと思った。それなら、おなじく花菱家に嫁いできた鈴子にならわかることもあるのではないか、と思うのは、思いあがりだろうか。

——わからない。どうするのが正解なのか。

物思いに耽《ふけ》るうち、車は屋敷についた。近くの木陰に車をとめて、鈴子と孝冬は外に出る。蟬《せみ》の声がうるさく響くほかは、ひと通りもなく静かである。

立派な門構えの武家屋敷だ。門の下で中嶋が待っていた。鈴子がひとりで幽霊をたしかめるつもりだと知ると、中嶋は仰天していた。理由づけは孝冬に任せて、鈴子は玄関に向かう。玄関も大きい。戸は閉め切ってあった。

板戸は重く、なめらかには開かない。苦労して戸を開けると、なかは暗く、ひんやりとしていた。閉め切っていたせいか、かびくさいようなにおいもする。いや、金気《かなけ》臭さが漂っている。眉《まゆ》をひそめて、鈴子は玄関に足を踏み入れた。

昼間だというのに、ひどく暗い。武家屋敷の玄関は、たいてい陽が入らず薄暗くてひんやりとしたものだが、それにしても陰気だった。それにこのにおい。

――血のにおい。

そのにおいが濃くなった。冷えびえとした空気が足もとを這う。さきほどまであんなに暑かったのに、いまは汗が冷えていた。

上がり框《がまち》の手前まで進んで、鈴子はふり返る。危うく悲鳴を呑《の》み込んだ。

すぐそばに、女が佇んでいた。

うつむき、結った丸髷《まるまげ》は乱れてほつれている。着ている着物は上品だが地味な茶色で、ところどころ継ぎや繕《つくろ》ったあとがある。薄暗いなかで、そんなところまで妙にくっきりと見えた。なにより、その着物の前面に飛び散った、赤い血。それが浮かびあがるかのように、目に鮮やかに映っていた。

濃厚な血のにおい。鈴子は息をつめ、ゆっくりと女のそばを離れて戸のほうへ向かった。女は身じろぎもしない。顔をあげることもない。着物も血もはっきりと見えるのに、うつむいた顔の造作は陰に沈んで見えない。うなだれた細い首には骨が浮かんでいる。それが鈴子の目に焼き付いた。

ふと目線を下に向けた鈴子は、女が右手になにかを握りしめているのに気づいた。身をかがめて目を凝らす。

――懐剣《かいけん》かしら。

女は、血まみれの懐剣を握りしめていた。

もう一度、鈴子は上から下まで女の風体《ふうてい》を眺める。

――妾ではないわね。

品はあるが質素な身なりは、武家の妻女に思える。旗本の主人に殺された妾、という噂は、やはり根拠のないものだろう。

戸を閉めて、孝冬と中嶋の待つ門に戻る。鈴子は深く息を吸った。暑くとも新鮮な緑のにおいが心地よかった。

「大丈夫ですか」

孝冬が心配そうな様子で訊いてくる。「顔色が悪いですよ」

「大丈夫です」と鈴子は小さくうなずいた。何度か呼吸をくり返すと、血のにおいは消えてゆく。炎天下の明るい路地に、暗い玄関の女の光景も脳裏から薄れていった。

「ど……どうでした？　幽霊は」

怖々とした様子で中嶋が訊いてくる。

「おっしゃるとおり、血まみれのご婦人の姿がございました」

そう返すと、ああ、とか細い悲鳴じみた声を洩《も》らし、中嶋は顔をひきつらせた。

「ですが――」鈴子はすこし首を傾ける。「あれはそう古い時代のかたでもなく、妾でもないように思います」

「身なりからですか？」と孝冬が確認する。

「はい。質素ながら品のいい、武家の妻女とお見受けしました。髷も着物も当世風ではないものの、さほど遡《さかのぼ》る風体でもございませんでした」

ふむ、と孝冬は腕を組む。

「となると、何者なんでしょうね。ここの玄関に出るからには、この屋敷と関係のあるご婦人なのでしょうが」

中嶋はどこかぽかんとした顔で孝冬と鈴子を見比べる。「あの……それで、お祓いのほうは」

「中嶋さん、さきほどもお話ししましたが、私どものお祓いは一風変わっているのですよ」

孝冬がにこやかに説明する。「ああした亡霊というのは、祝詞《のりと》を唱えればたちどころに消えてくれるというものではありませんからね」

「はあ」中嶋は不安そうである。

「無理をして障りがあってはいけませんから。私は慎重なんです」

「じゃあ、まだあれはあのままですか」

取りすがらんばかりの中嶋に、「いっそ、お祓いが終わるまで家移りしてはいかがですか」と孝冬は提案する。

「でも、それは先生がお許しにならないと思います。家はひとが住んでいないとすぐ傷みますし」

先生とやらは、お祓いをすること自体は「内密でしてもらえるのなら」と賛成しているという。とにかく外聞を気にしているのである。よほど楡子爵に恩義があるらしい。

「すこしのあいだならいいでしょう。なるべく急ぎますよ」

急ぐということは、淡路の君に食らってもらうということになるのかもしれない――そう思うと、やはり鈴子の気分は沈んだ。

鈴子の顔をちらと見て、孝冬は中嶋に向き直る。

「そのためにも中嶋さん、あなたも協力してください。私は亡霊の正体が知りたい。それがお祓いの助けになるかもしれませんからね」

「はあ、でも、協力といっても――」

「まずもとの持ち主である楡家に話を訊かねばはじまりません。その旨、話を通してもらえますか」

中嶋は困った顔をした。

「先生が懇意になさっていた楡子爵は先代で、いまの子爵とは没交渉です」

先代子爵は政治家だったが、いまの楡子爵は農商務省の一官僚だという。所有していた別荘や土地などはほとんど売り払い、麻布《あざぶ》の邸宅で静かに暮らしている。気難しく、ひと付き合いもあまりしないそうだ。

「なるほど。それなら、むしろ連絡なしに訪ねていったほうがいいかもしれませんね」

孝冬は手で顎《あご》を撫《な》でながら言う。

「では、私のほうで直接訪問することにしましょう」

中嶋はまだ不安そうだったが、「よろしくお願いします」と折り目正しく頭をさげた。

車のほうに向かいかけて、鈴子は忘れ物に気づいた。袂《たもと》のなかをさぐりつつ、中嶋のもとへ足早に戻る。

「お渡しするのを忘れておりました」

手にした物をさしだすと、中嶋は目をみはった。「これは――」

日本橋《にほんばし》にある水天宮《すいてんぐう》の安産守りである。安産祈願で有名な神社だ。宮司の嫁がよその神社のお守りを用意するというのもおかしな話だが、すぐに手に入る物がこれだったのだからしかたない。

「ありがとうございます」

中嶋は会って以来はじめて、心からうれしそうな笑顔を見せた。

お屋敷というのは、たいてい高台にあるものだ。見晴らしがよく、水はけもよい。麻布はそうした高台と谷が入り組んだ複雑な地形をしている。高台には有力者のお屋敷が、谷には庶民の家が建ち並び、山の手の静けさと下町の喧噪《けんそう》が混ざり合っていた。そんな地形だから当然坂道が多く、大きな邸宅の高い塀《へい》に挟まれた坂道は細く暗い。

楡子爵邸は、坂道をのぼったさきにあった。瀟洒《しょうしゃ》な洋館である。ひっそりとして静かだ。庭の薔薇《ばら》はまだいくつか花をつけているものの、陽光に花弁が灼《や》けてくったりとしている。塀沿いに植えられた凌霄花《のうぜんかずら》が、まぶしいほどに生き生きとお日様色の花を見せていた。

家従に取り次ぎを頼み、玄関ホールでしばらく待つと、ひとりの男性が階段をおりてきた。四十過ぎだろう、ぱりっとした洋装の男性である。端整な細面に眼鏡をかけ、客を前ににこりともしない表情が、いかにも気難しそうだった。

「楡鷹之助《たかのすけ》です。麹町《こうじまち》の花菱男爵だとうかがいましたが」

発した声は低く、陰鬱な響きをたたえていた。だが、いやな声質ではない。翳《かげ》はあるがまろやかな美声だ。

「花菱孝冬です」

対する孝冬はいたって愛想がいい。華族らしい鷹揚《おうよう》さと、商人らしい抜け目のなさが同居する孝冬を、鷹之助はうさんくさそうな目つきで見ている。その目が鈴子に向けられて、鈴子は丁重にお辞儀した。

「妻の鈴子でございます」

鷹之助は孝冬と鈴子の両名をいぶかしげに眺める。孝冬ひとりなら商売の話かとも思えるが、夫婦そろってやってくる意図がわからないのだろう。

「本日は、どういったご用件ですか」

用心深い口調で鷹之助は尋ねる。応接間に通すつもりはいまのところないらしい。門前払いにならないだけましということか。

「市ヶ谷にあるお屋敷のことでおうかがいしました」

眼鏡の奥で鷹之助の瞳が揺れた。

「あれは、もう楡家の屋敷ではありませんよ」

「承知しております。いまあのお屋敷に住むかたから、お祓いの依頼を受けたもので」

「お祓い――」

鷹之助の頬がぴくりと痙攣《けいれん》する。

「ご婦人の幽霊が出ます。玄関に。お聞き及びではございませんか」

返ってくる言葉はない。鷹之助の表情は固くこわばっていた。

「楡子爵」

「そんな話は、聞いたこともありません」

冷ややかな声が投げつけられた。鷹之助は顔を背け、忌々《いまいま》しげに玄関扉のほうをにらみつけている。

「幽霊が何者であるか、心当たりは――」

「あるわけないでしょう。そんな子供じみた幽霊話をしにわざわざいらしたのですか。あいにく私にそのお相手をする時間はありません。お帰りください」

まったくとりつく島もない様子でぴしゃりと吐き捨て、鷹之助は玄関扉を手で示した。

自身はすぐにきびすを返し、階段をあがってゆく。家従があわてた様子で奥から走り出てきた。玄関扉が開かれる。鈴子と孝冬はちらと視線を交わしたが、おとなしく玄関を出た。

追いすがったところで、鷹之助はなにも話してはくれないだろう。

あきらかに、心当たりがある様子だったが――。

鈴子は庭先でふり返り、玄関扉を見つめる。楡家の家紋なのであろう、違い矢をあしらったステンドグラスを嵌《は》め込んだ、凝った装飾の扉だった。

「どうかしましたか？」

「いえ……」かぶりをふってふたたび歩きだそうとしたとき、鈴子は屋敷の裏手のほうから小走りにやってくるひと影に気づいた。

前掛けをつけた五十代くらいの女である。女中のようだ。彼女は周囲を気にしつつ、鈴子と孝冬のほうへ駆けよってきた。

「あのう、前のお屋敷のことをお尋ねだと小耳に挟んだんですけど、ほんとうですか？」

玄関ホールでのやりとりを盗み聞きしていたのか、それともそうした者から聞いたのか、いずれにしても『小耳に挟んだ』とは便利な言葉である。

「ええ、市ヶ谷のお屋敷のことについて。なにかご存じなのですか？」

孝冬が持ち前の如才のなさで女中に尋ねる。女中はまた周囲をうかがってから、「ちょっとこっちに」と庭の片隅へと案内する。葉を茂らせた椎の大木があり、その木陰に入ると屋敷や表側からは見えにくくなる。

「前の旦那様はこっちのお屋敷に移るときに、使用人を全員取っ替えてしまいましてね、だから市ヶ谷のお屋敷について知るひとは、あんまりいないんですよ」

女中は口もとを手で押さえ、声をひそめた。『前の旦那様』というのは、先代の楡子爵のことだろう。

「でも、ひとづてにそういう話って、伝わるもんですから。表立って言いやしませんけど」

女中はうっすら笑った。欠けた前歯が口から覗《のぞ》いた。

「前の旦那様は、大慌てでこっちに家移りなさったそうですよ。いまでこそこんな素敵なお屋敷ですけど、当時はだだっ広いだけの古いぼろ家だったとか。貧乏華族が青息吐息《あおいきといき》で暮らしていたのを急いで買い取ったんですって。それくらい、市ヶ谷のお屋敷にいたくなかったんですよ」

そこで言葉を切って、女中は孝冬をちらりと見やる。もったいぶった話しぶりに、孝冬は愛想よく乗ってやった。

「幽霊が出たからですか?」

「それがね、違うんですよう」女中はぶんぶん手をふる。「幽霊じゃないの。なんでも、そのお屋敷の玄関で、前の旦那様の奥様だかお妾だかが、自害なすったんですって。玄関は血の海で、三和土《たたき》や上がり框なんか拭いても拭いても血の跡がとれないってんで、そんなとこ、住めやしないでしょう？　それで、とるものもとりあえず、って様子で家移りしたんですってよ」

先代の楡子爵夫人、あるいは妾が玄関で自害した――鈴子は眉をひそめた。そんなことがあれば、そうとう大きな話題になりそうなものだが。

「そんな話は聞いたことがありませんが」孝冬も首をかしげ、いぶかしそうにしている。

「医者に金握らせて、病死ってことにしたって聞きましたよ。前の旦那様ならほうぼうに顔が利いたでしょうし」

女中はこともなげに言う。

どこまで信用できる話だろうか、と鈴子には疑わしい。旗本の妾が……などという噂とたいして変わらない。

孝冬は女中に礼を言って、「なにかおいしい物でも食べてください」と数枚の紙幣を渡した。「あら、そんなつもりじゃなかったんですけど」と言いながら、女中はすばやく紙幣を畳んで帯のあいだに押し込んだ。

「またお訊きになりたいことがあったら、ぜひに」女中は機嫌よさそうな足どりで屋敷の裏手に戻っていった。

鈴子はなんだか妙に疲れてしまい、ひとつ息をつく。

「立ち話でお疲れでしょう。車に戻りましょう」

孝冬が気遣い、鈴子の背に手を置く。「自害だの血の海だのといったお話は、気が滅入りますね」

「ええ……」そして、そういう哀れな幽霊であればあるほど、淡路の君の好みなのだ。

「暑気払いにアイスクリームでも食べにいきましょう」

車に乗り込み、孝冬は運転手に銀座に向かうように告げた。

「さきほどのお話は、どこまでほんとうなのでしょうか」

走りだした車中で、鈴子はつぶやく。

「さあ、それは調べてみなくてはわかりませんね」

「調べるといっても、どうやって？」

「そこはまあ、私にも伝手《つて》がありますから」

孝冬は笑っている。彼は実際、この飄々《ひょうひょう》とした調子で何でも調べあげてしまう。華族の人脈、商売の伝手、記者の知人もいるのだったか。思えば鈴子の素性もすぐさま把握していた。

――松印の華族についても。

鈴子は松印の華族をさがしている。名を呼ぶのを避けるために用いられるお印、それが松である男性。松はよく用いられるお印なので、いったい華族のなかにどれだけいるかわからない。それでも孝冬は鈴子のために、商売を使って調べてくれている。その人物が、鈴子の大事なひとたちを殺した犯人だからだ。

ぬるい風が頰を撫で、鈴子は窓の外に目を向ける。車は外濠沿いを走っていた。植えられた松の緑が美しい。空は驚くほど真っ青で、白い入道雲が湧きあがっていた。

「夕立でもどっと降れば、いくらか涼しくなるんですがね」

孝冬もおなじ入道雲を眺めて、そう言った。

「そうでございますね」

「あまり暑ければ、鈴子さんは葉山へ避暑に出かけてもかまいませんよ」

「あなたは東京を離れられないのでしょう？　わたしひとり行くわけにもまいりません」

孝冬を置いていっては、淡路の君の面倒を彼ひとりに負わせることになる。そうでなくても、鈴子は孝冬をひとりにするのがためらわれた。孝冬はひとりにしてはだめなひとではないかと、なんとなく鈴子は思っている。

「あなたは放っておくと無理をなさるから」

「そうですか？」

孝冬は困ったような、はにかんだ表情を浮かべている。「無茶をなさるのは、あなたのほうだと思いますけどね」

「では、おたがい相手が無理や無茶をしないように、見張っていなくてはなりません」

孝冬は声をあげて笑った。

「なるほど。そうしましょう」

鈴子は、孝冬が心から楽しげな笑い声をあげるのを見ると、安堵《あんど》する。孝冬が鈴子のために尽力してくれるように、鈴子もまた彼のためになにかしたいと思うし、彼が苦悩から逃れられないのであれば、その苦悩を半分背負いたいとも思うのだ。

入道雲の湧く空を見つめる。一点の染みもない、まぶしいほどに鮮やかな青空だ。

「まるでアイスクリームみたいな雲ですね」

鈴子は孝冬をふり返り、まじまじと顔を眺めた。

「なんです？」

「わたしが考えるようなことをおっしゃるから」

孝冬は、口を押さえて噴きだした。

銀座でふたりして食べたアイスクリームは、ことのほかおいしかった。

「明日、もう一度、中嶋さんのお宅へ伺おうと思っております」

夜、団扇《うちわ》で湯上がりの肌を扇ぎながら、鈴子は孝冬に告げた。夜が更けるとさすがに涼しく、窓の向こうからは虫の音が聞こえる。蚊遣の煙が薄く、秘めやかに漂っていた。

「明日ですか。私は、明日は抜けられない仕事が入っているのですが」

孝冬は思案げな顔になる。藍染めの浴衣《ゆかた》を着た彼の髪はまだ濡《ぬ》れていた。彼は面倒がってよく拭かないのである。風邪《かぜ》をひきますよ、と鈴子が促して、ようやく思い出したように拭きはじめることが多い。

「由良《ゆら》をつれてゆきます」

孝冬は懐手《ふところで》になり、難しい顔をしている。

「由良だけではご不安でしたらタカも」

そう付け足すと、孝冬は苦笑した。

「そこまで言われては、しょうがありません。どうぞ、無茶はなさらないでください」

ええ、と鈴子はおとなしくうなずいた。

「なにか気がかりなことでもありますか」

「すこしばかりございますので、それをたしかめてまいります」

「私のほうでも、楡子爵の内情について知っていそうなひとをあたってみましょう」

仕事もあるだろうに、と鈴子は眉をひそめる。

「あなたこそ、ご無理なさらないようにしてくださいませ」

「肝に銘じます」

そう言って笑う孝冬は、どこかうれしそうだった。


翌日のことである。鈴子は午前のまだ涼しいうちに、市ヶ谷の屋敷を訪れた。昨夜、孝冬に告げたとおり、由良とタカを伴っている。今日も暑くなりそうなので、紺地《こんじ》の宮古《みやこ》上布《じようふ》に麻の帯と、できるだけ涼しい格好にした。

鈴子たちの乗った車が中嶋家の近くまで来たとき、その門から出てくるひとがいた。老婦人である。柳鼠《やなぎねず》の絽の着物に黒い紗の羽織を合わせた、品のいいひとだった。さらにそのうしろから現れた男性に、鈴子は「あら」と思わず声をあげた。ずんぐりとした眼鏡の青年——多幡清充《きよみつ》である。

車から降りた鈴子に、清充が気づく。

「花菱男爵夫人！　おひさしぶりです」

「おひさしぶりでございます。——どうしてこちらに？」

「中嶋さんに花菱男爵を紹介したのは私ですから、どうなったか気になりまして」

清充はあいかわらず、ひとのよさそうな顔でにこにこしている。話しながら汗で何度も眼鏡がずり落ちてくるのを、その都度指で直していた。

「中嶋さん、今日にでも奥様のご実家に移ろうと考えておいでのようですよ」

「そうでしたか。そのほうがよろしゅうございましょう」

「お祓いの首尾はいかがです？　夫人は、どうしてまたこちらに？」

「少々気にかかることがございまして――」

鈴子はちらと清充のうしろに佇む老婦人を見やる。視線に気づいた清充が、「ああ、ご紹介が遅れまして、申し訳ありません」とふり返った。

「男爵夫人、こちらは私の勤め先の代表である鴻《おおとり》さんの奥様です」

清充の勤め先というと、『鴻心霊学会出版部』だ。代表は鴻善次郎《ぜんじろう》。その妻――と、鈴子は老婦人を改めて眺める。老婦人は恭《うやうや》しく腰をかがめて、首を垂れた。美しい所作である。

「鴻八千代《やちよ》でございます」

きれいな声だと思った。もちろん、若々しく澄んだ声ではない。だが、雨の日に聞こえる籠《こ》もった鐘の音のような、ひっそりと包み込まれるやわらかさと安らぎがあった。

頭をあげた八千代は、鈴子を正面から見て、ふっとほほえんだ。やさしげな微笑だった。

「わたくし、実は以前に一度、花菱男爵ご夫妻にはお会いしているのでございますよ」

え、と鈴子は目をみはる。まるで記憶にない。

「さようでございましたか。――失礼とは存じますが、どちらでお目にかかりましたでしょうか」

「堀切《ほりきり》の菖蒲《しょうぶ》園で……」

たしかに、鈴子は孝冬とともに以前、堀切の菖蒲園を訪れたことがある。記憶を辿《たど》った鈴子は、そういえば、と思い出した。休んだ茶屋に、老婦人と御付らしき女中がいた。

「茶屋でご一緒になった……？」と訊けば、八千代は目を細めた。

「まあ、覚えておいででしたか。うれしゅうございます」

手を打ち合わせ、まるで少女のように喜ぶ。不思議とそんな仕草も上品で可愛らしく映るひとである。

「あのとき、あなたはおひとりで花菖蒲をご覧になっていらしたでしょう。そのあいだ、わたくし、男爵とすこしお話しさせてもらいましたの」

そうだったのか、と思う。「存じあげず、申し訳ございません」

「いいえ、わたくしもあのときは名乗りませんでしたから。こうしてお話しすることができてよかった」

八千代は手を伸ばす。なんだろう、と思う間もなく、彼女は鈴子の左手をとり、自身の両手で包み込んでいた。にっこりとほほえんでいる。

「──花菱男爵は、どうしてあの哀れな亡霊を祓ってさしあげないのです？」

八千代の目は微笑の形に細められているが、その瞳はどこか鋭い光を帯びているように見えた。

鈴子は手にレースの手袋をつけている。左手の甲にある火傷《やけど》の痕《あと》を隠すためだ。その手が八千代の手に包まれて、じっとりといやな汗をかいていた。

八千代は鈴子の耳元に顔をよせ、ささやいた。

「花菱家の怨霊に食わせてしまえば、一瞬のうちに救えるでしょうに」

鈴子は思わず八千代の手をふり払っていた。

清充が驚いて目を丸くしている。「夫人？　どうなさったんです？」

鈴子は眉をよせて八千代を見すえ、その視線を清充にも向ける。鴻心霊学会──その母体は宗教団体の燈火教《とうかきょう》であるという。

──このひとたちは、いったい……。

清充はきょとんとしている。八千代はおっとりとした笑みを浮かべている。清充は無関係なのか、どうか。鈴子には判断がつかない。

「そう警戒なさらないで。わたくしはただ見えるだけなのよ。哀れな亡霊が見えるの」

八千代が困ったような顔で言った。隣で清充が大きくうなずく。

「そうなんです、八千代さんは霊視なさるんですよ。千里眼《せんりがん》ですよ」

鈴子は頬がひきつりそうになるのをこらえた。千里眼――それはかつて鈴子が売り文句にしていた言葉だ。浅草の千里眼少女。まさか、それを彼らが知っているとも思えないが。

「八千代さんは、さる宗教の創始者の娘さんでらっしゃるんですよ。それで不思議なお力が――」

「宗教？　まさか、燈火教の？」

清充の言葉を遮《さえぎ》り、つい問い質《ただ》すような口調になる。清充はびっくりしたようにいったん口を閉じ、「はあ、ええ、そうです。ご存じでしたか」とずり下がった眼鏡を直した。

鈴子は八千代に視線を戻す。八千代は柔和な微笑を浮かべている。なにかに似ている、と考え、思い至る。仏像の微笑に似ているのだ。

「今日は――どうしてこちらに？」

つとめて平静に、鈴子は八千代に尋ねた。八千代は笑みを深くする。

「多幡さんからお話をうかがいまして、わたくしもなにかお力になれたらと思い、まいりましたの。と言ったところで、わたくしはただ見えるだけで、なにもできないのですけれど……。玄関にいるあのご婦人は、楡子爵の――ああ、先代の、ですけれど――奥方様でございますね。恨みを呑んで自ら命を断たれたのです。おかわいそうに」

心底憐《あわ》れんでいる様子で、八千代はうつむく。次いで、懇願するような目を鈴子に向けた。

「どうか、あのかわいそうなご婦人を救ってやってくださいまし。それができるのは、花菱男爵をおいてほかにいらっしゃいません」

それだけ言うと、八千代は頭をひとつさげ、門前から立ち去っていった。そのあとを清充があわてて追いかける。最後に鈴子に向かって、ぺこりと会釈して。

「ひと癖ありそうなご婦人ですねぇ」

うしろにさがって成り行きを眺めていたタカが、そんなふうに感想を述べた。

「そうですか？　上品なかたに思えましたが」

と言ったのは由良である。タカは『やれやれ』と言いたげにかぶりをふり、ため息をついた。

「もっとひとを見る目を養わないとだめよ、由良さんは」

「はあ」反論するでもなく、由良はあいまいにうなずいた。花菱家においてはタカより由良のほうが古株なのだが、タカは鈴子の御付女中であるし、歳も上なので、由良はどことなく遠慮気味に接している。

鈴子はふたりの会話を背に聞きながら、門をくぐった。中嶋は玄関を使っていないと言っていたから、玄関ではなく庭に入り、縁側から「ごめんください」と声をかける。しばらくすると座敷から中嶋が姿を見せた。久留米絣《くるめがすり》に兵児帯《へこおび》を締め、首に手拭いをかけている。それで汗をぬぐいながら、「これは、花菱男爵夫人。どうなさいましたか」とあわてて縁側に膝をついた。

「お忙しいところ恐れ入りますが、もう一度、玄関を見せていただいてもよろしゅうございますか」

「それはかまいませんが……」

中嶋はけげんそうである。座敷には行李《こうり》が置いてあり、荷造りの最中のようであった。家移りの準備なのだろう。

「いま、お茶を」

「いえ、けっこうでございます」

鈴子はさっときびすを返し、玄関に向かおうとして、つと足をとめた。中嶋のほうをふり返る。

「さきほど、鴻夫人と多幡様がいらしていたでしょう」

「え？　ええ、はい。鴻さんの奥様が、玄関の幽霊をごらんになりたいとおっしゃるので」

「鴻さんをご存じなのですか？」

「ええ、もちろん。先生と昵懇《じっこん》ですので。私が多幡さんと知り合ったのも、そのご縁です。奥様にははじめてお会いしましたが」

中嶋の顔にはいくらか当惑が見えた。はじめて会う鴻夫人がいきなり玄関の幽霊を見せてくれと言うのだから、面食らったのだろうか。

「鴻さんは手広く商売をなさっておいでですから、お顔も広いんですよ。それがどうかなさいましたか？」

「――いえ」

短く答え、鈴子は今度こそ玄関に向かう。

――鴻氏は、政治家にも顔が利くということか。

やり手の実業家ならば、当然かもしれないが。孝冬とて、そうだろう。しかし、なんとはなしに、鈴子は不穏な心持ちがした。

玄関の戸を開けると、やはりそこは薄暗く、ひんやりとしていた。

冷ややかな翳のなかに、血まみれの女が佇んでいる。うなだれたうなじ。薄い肩。昨日見たのと変わらない。

鈴子は視線をさげ、女の手もとを見つめた。握られた懐剣がある。刀身は血に汚れている。鈴子は腰をかがめて懐剣を凝視した。

肉の薄い細い手が柄《つか》を握りしめている。柄は赤銅《しやくどう》の地に、金銀の象嵌《ぞうがん》があるのが見て取れる。象嵌は、打ち出の小槌《こづち》に米俵、頭巾《ずきん》といった意匠のようだ。柄頭《つかがしら》に違い矢の家紋が入っていた。

――楡家の屋敷で見た家紋だ。

玄関のステンドグラスに装飾があった。やはり楡家の家紋なのだろう。

鈴子は腰を伸ばし、女の前に回り込む。正面から彼女を眺めた。前面に散った鮮やかな血。顔にまで血は飛んでいる。だが、見たところ女に傷はない。喉にも胸にも。懐剣で自害したのであれば、そのどちらかに傷があるのではないか。

――この血は、誰のものなのだろう。

鈴子が気になったのは、柄の家紋と、この血である。

――返り血なのではないか。

そう感じたのだ。

鈴子はそっと体をうしろへ引き、玄関をあとにした。

その晩、鈴子は孝冬に中嶋家での出来事を話した。正確には、孝冬が帰宅して開口一番、

「市ヶ谷のほうはいかがでした？　不都合はありませんでしたか」と尋ねてきたのだが。

鴻夫人と多幡清充に会ったことを告げると、孝冬の顔が曇った。

「堀切の菖蒲園でお会いしたあの老婦人が、鴻氏の奥方でしたか」

孝冬は何事か考え込むように顎を撫でている。鈴子は彼が菖蒲園で鴻夫人となにを話したのかも知らないので、その胸中はわからない。

すぐに孝冬は顔をあげ、「そういえば、私もご報告が」と話題を変えるようにふところから一枚の写真をとりだした。

夫婦らしき男女の写真である。男は三十代から四十代くらい、フロックコートの正装に身を包んでいる。女は若く、二十歳になるかならないか、島田髷《しまだまげ》に三襲《みつがさね》の振袖姿だ。婚礼時に撮ったものだろう。

「こちらは……？」

「先代の楡子爵夫妻の写真ですよ」

どこから入手したものか、孝冬はなんでもないようにそう言った。

「その子爵夫人が若くして亡くなったというのは事実でした。病死だそうですが」

鈴子はまじまじと写真に見入る。

「このおふたりが、楡子爵夫妻でございますか」

楡子爵はなかなかの美丈夫で、夫人のほうも整った顔立ちの美人である。しかし――。

「あの玄関にいたのは、このかたではございません」

鈴子は写真をテーブルに置き、孝冬を見あげた。

「子爵夫人ではない？」

うなずく。玄関にいた女は、歳のころも違えば顔立ちもまったく異なる。別人だ。

――では、あれはいったい誰なのか。

鈴子も孝冬も、考え込んでしまった。ますますわからなくなっている。

「実は、亡き楡子爵の同郷の友人というかたがいまして」

気を取り直すように、孝冬は言った。

「上京後もずっと親交があったそうなんです。楡子爵家のことについてなにかうかがえないかと、明日にでも仕事の合間に訪ねてみるつもりなのですが――」

「わたしが代わりにうかがいましょうか」

忙しい仕事の合間を縫って孝冬が行くより、鈴子のほうが余裕がある。だが、孝冬は断った。

「私はそのかたとは、すこしばかり面識があるんです。楡子爵とご友人とは知らなかったのですが。顔見知りの私が行ったほうが先方も話しやすいでしょうし……」

孝冬はちょっと口ごもる。

「殿方だけでないとできぬ話もある、ということでございますか」

察して問うと、孝冬はうろたえた。

「いえ、そんな、疚《やま》しい話があるとも限りませんし、私にももちろんありませんが」

鈴子はすこし首をかしげた。

「わたしのようにはじめて会う若い女がいては話せぬことは、当然ございますでしょう。わたしとて、初対面の殿方にできる話とできぬ話がございますから」

「そうですか」孝冬は安堵したような、さびしいような、複雑な顔をした。「鈴子さんは、いまでも私にできない話はおありですか？」

「さあ、ないように思いますけれど……あったらいけませんか？」

たとえば浅草の貧民窟《ひんみんくつ》での日々の暮らしがどんなふうであったか、つまびらかに孝冬に話したいとは思わない。

孝冬は腕を組み、うーんと唸《うな》った。

「そうですね。いけないなんてことはありません。なにを話してなにを話さないか、それは鈴子さんの自由だ。どうも、私は欲深くていけない。あなたのことなら、すべて知りたいと思ってしまう」

難しい顔をして、反省するようにうなだれている。

「あなたが欲深いと思ったことはありませんが……」

むしろ、孝冬は我欲を抑えがちなひとであると、鈴子は思っている。おそらくそれは、孝冬の祖父が我欲のままに行動したひとだったからだろう、とも。

――もしや、自分がこうしたい、と思うことはすべてわがままで、欲深いとでも思っているのかしら……。

「ご希望は、どうぞ、お好きなように言ってくださってかまいません。わたしはいやならいやと申しあげますから」

孝冬は鈴子の顔を眺めた。困ったような顔をしている。

「私は、あなたにいやと言われるのは、いやなんですよ」

困ったひとである。

「……なるべく遠回しな言葉で申しあげるようにします」

「いえ、それではいつもあなたの言葉を疑ってしまいます。それはいやだ」

孝冬は眉間に皺《しわ》をよせ、真剣に苦悩している。

「それならいっそ、いやだと言われるほうが――ああ、やはりそれはつらいな……」

ぶつぶつとつぶやく孝冬に、鈴子は思わず微笑が浮かんだ。

「いまのあなたは、ずいぶん自由に、わがままをおっしゃっていると思うわ」

「え？」と孝冬は顔をあげる。

「それでいいのじゃないかしら。わたしとあなたのことは、わたしとあなたでしか決められないのですから」

こうして言葉を交わし、摺《す》り合わせてゆくことで、すこしずつ彼が自由になってくれたらいい――と、鈴子はそう願う。祖父だの淡路の君だの、彼には背負うものが多すぎて、がんじがらめになっている。

孝冬は、ふっと力の抜けた笑みを浮かべた。

「あなたはずいぶん私を甘やかしてますよ。ほんとうにいいのですか？　きっとそのうち、増長します」

「そのときは怒りますので、ご心配なく」

うーん、とまた孝冬は唸って考え込むので、鈴子はさすがに笑い声を洩らした。

孝冬は翌日の昼下がり、芝《しば》区の御殿山《ごてんやま》にある屋敷に向かった。華族や実業家の大きな邸宅が並ぶ界隈である。

車の窓から外を見るともなしに眺めながら、孝冬は昨夜、鈴子から聞いた話を思い返していた。鴻夫人のことだ。

――堀切の菖蒲園で出会ったのは、偶然なのかどうか……。

鴻氏にしろ夫人にしろ、意図をはかりかねるところがある。だが、警戒しておくにこしたことはない。燈火教のこともある。

――調べてもらうか。

頼めば身辺を調べてくれる者がいる。

――兄さんと燈火教とのつながりも気にかかるし……。

それを考えると気が重くなる。知らず、ため息が漏れる。己は、兄のことをなにも知らなかったに等しい。兄の思い人のことさえ、先月淡路島で話を聞くまで、まるで気づかなかったのだから。兄が見せてくれる顔だけを兄のすべてと思っていたのだ。

自動車が速度を落とし、一軒の邸宅の門内に入ってゆく。孝冬は物思いから頭を切り替えた。

楡子爵の友人は杉原《すぎはら》という元実業家で、現在は隠居して美術品の蒐集《しゅうしゅう》に凝っているという。和洋折衷《わようせっちゅう》の趣味のいい屋敷のなかには、なるほど美しい七宝《しっぽう》の壺やら大きな油絵やらが飾られていた。通された応接間には、芙蓉《ふよう》や撫子《なでしこ》の花が風情《ふぜい》ある骨董《こっとう》らしき花器に生けられ、隅々まで主人の好みが行き届いているのがわかる。

「やあ、ひさしぶりだね。花菱さん」

現れた杉原は恰幅《かっぷく》のいい七十過ぎの男で、通好みな虎絣《とらがすり》の夏大島《なつおおしま》がよく似合っている。

「お盆にお彼岸と、商売のほうはしばらく忙しい時期なんじゃないかい」

「いちばん忙しいときは過ぎました。ひと息ついているところですよ」

女中が玉露と羊羹を運んでくる。羊羹は夏の夜空を模した凝った作りで味もよく、鈴子さんがいたら喜んだろうに、と孝冬は残念に思った。

――あとで店の名を訊いて、みやげに買って帰ろう。

そんなことを考えながら羊羹を食べていると、

「楡子爵の話を聞きたいということだったが――」

と、杉原は切りだした。有能な実業家だっただけあって、無駄がないので助かる。

「杉原さんは、先代の楡子爵とは同郷のご友人だったとお聞きしました。ですので、ほかのひとは知らないだろうことでも、ご存じかと思いまして」

「ほかのひとは知らない、というと」

杉原の目がさぐるように孝冬を見る。

「婉曲《えんきょく》な訊きかたは時間の無駄ですので率直に申しあげますが、市ヶ谷にあるかつての楡子爵邸、あそこに出る幽霊について調べています。あの屋敷であったことが知りたいのです」

宣言どおりの率直な問いに、杉原はしばし視線を落として黙った。

「そうか、君は宮司でもあるのだったか。お祓いをしてくれるという話は聞いたことがあったが」

「それが本来の家業なもので。案外、依頼が多いのですよ」

「政財界の連中に引っ張りだこだろう。踏みつけにして泣かせてきた相手は多いだろうから。そうした人々の恨みは怖いものだ」

杉原は皮肉げに笑った。彼にも身に覚えがあるのだろうか——と孝冬は思ったが、さすがに訊かなかった。

「……楡子爵も、生前、君を知っていたら依頼していたかもしれない。身から出た錆《さび》だがね。彼ももう泉下《せんか》の客となったのだから、話すには頃合いだろう。そうでなくては、彼女も浮かばれまい」

杉原はため息をつき、眉間を指で揉《も》んだ。孝冬は黙ったまま、彼が話しだすのを待った。

「楡子爵とは、おなじ藩、おなじ下級藩士で、おそらく私がいちばん古くからの知り合いだったろう。彼は私よりもずっと早くから倒幕の志士として奔走してね、維新後はその功で子爵を授かった。以来、彼は国許《くにもと》には一度も帰らなかった。私は一度は帰るよう、すすめたのだがね。なぜだかわかるかい？　彼は国許に妻子がいたからさ」

妻子――と孝冬はつぶやく。杉原は暗い顔をしている。孝冬は昨夜、鈴子に見せた写真をふところからとりだした。

「奥様……子爵夫人のことですか？　この写真の」

若く美しい夫人を指さす。杉原は眉をよせて、かぶりをふった。

「そのひとではないよ。その夫人は、彼が東京で娶《めと》った奥方だ。新橋《しんばし》の芸妓《げいぎ》でね。――彼を擁護するわけじゃあないんだが、当時はそんな話がいくらもあったんだよ」

いくらか弁解がましく、杉原は言った。

「国許に妻がありながら、東京で新しい妻をこさえる、というのがね。世のなかが変わって、一足飛びにお偉いさんになったものだから、当人もなにかしら変わってしまうのだろうね……楡子爵も、昔はああではなかったのだが」

さびしげな翳を瞳に落として、杉原は下を向いた。

「国許の奥方は、なにしろ大黒柱がいないのだから、それは苦労なさったことだろう。彼は送金もせず、ほったらかしだったからね。息子もいたというのに。旗本屋敷だった大きな、眺めのいい屋敷に住んで、もと芸妓の若く美しい奥方をもらって、彼は有頂天だった。

国許に残した妻子のことなど、頭から消えていたのだよ――いや、忘れ去ろうとしていたのだな。私は何度か忠告したが、彼はいつでもいやそうに顔をしかめて、話を打ち切ってしまっていたから」

いやなことは考えぬようにして、頭から追いやって、いまの栄華だけを謳歌《おうか》する――だが、つけは回ってくる。

最悪の形で。

「ある夏の日、国許の奥方が息子をつれて、東京まではるばるやってきた。その道のりを思うと、いまでも胸が痛むよ。どれほどの苦労があっただろうかと」

だが、苦労して辿り着いた夫の家には、『奥様』と呼ばれる若い女がいたのだ。

「楡子爵はあいにく留守にしていた。子爵夫人は、なにも知らなかったのだよ。独り身だと信じて疑っていなかった。よもや故郷に妻も子もいようとは。――国許の奥方もおなじだ。己と子が貧苦に耐えているあいだ、夫は東京でべつの家庭を築いていようとは、思いもしなかっただろう」

じりじりと照りつける炎天下を、息子の手を引き、汗と土埃にまみれてようよう訪ねたさきには、こざっぱりとした若く美しい『奥様』――。その心持ちを想像すると、孝冬は暗澹《あんたん》たる思いで気が塞《ふさ》いだ。

夫の裏切りを知り、自分たちは捨てられたのだと悟り、彼女はなにをしたのか。

「奥方は持っていた懐剣で子爵夫人を刺し殺し、そのあと自らの胸を突いて死んだ」

――ああ。

孝冬はため息とも呻《うめ》きともつかない声がわずかに洩れた。

「使用人たちや、鷹之助くんの話を総合すると、そういうことらしい。――そうだよ、鷹之助くんがその奥方と楡子爵との子だ。彼はその場にいて、一部始終を目にしてしまったんだ」

孝冬の脳裏に、鷹之助の姿がよぎる。他人を寄せつけない雰囲気を身にまとう、翳のあるまなざしをした子爵。

――まずいことを子爵本人に尋ねてしまった。

幽霊についてなにか知っているのでは、程度には思っていたが、まさか事件を目の当たりにしたとは思わなかった。いや、想定せねばならなかったのか。

――鈴子さんは、気にするだろうな。思いやり深いひとだから。

彼女はいつでも、他人など目に入らぬような涼しい顔をしていながら、実際には心を砕いている。孝冬のことでも、心から案じてくれているのがわかる。わかるぶん、孝冬は鈴子を苦悩させたくないが、そのためにひとりで抱え込もうとすれば、かえって彼女は傷つくのである。悩ましい。

今回のことも、話さぬわけにはいかないだろう。気にするとわかっていても。

孝冬の物思いをよそに、杉原は話をつづける。

「執事の知らせであわてて帰ってきた楡子爵は、帰路で必死に頭を捻《ひね》ったのだろうね、夫人については医者を脅《おど》して、病死として届け出た。国許の奥方は、亡骸を涸《か》れ井戸に投げ込んで、井戸ごと埋めてしまった。鷹之助くんには、跡継ぎにしてやるからと口をつぐませた。国許の奥方は離縁した前妻だとして、鷹之助くんはその息子ということにしたんだ。鷹之助くんが打ち明けてくれたのは、何年もたってからだったよ。幼いうちは、言ってしまったら追い出されると怯《おび》えていたのだろう。かわいそうに」

杉原は鷹之助にひどく同情しているようで、かなしげに目を伏せた。

「すべてを闇のなかに葬り去って、屋敷は部下に押しつけて、楡子爵は逃げたんだ。都合の悪いことから逃げつづけて、皺寄せはまわりに行く。――事実を知りながら沈黙を選んだ私も、そう他人を責められる立場ではないが……」

たしか杉原と楡子爵とは、仕事上でも利害関係があったはずだ、と孝冬は記憶をさぐる。

だが、それだけで黙っていたわけではないのだろう。

「鷹之助さんのことを考えれば、むやみと公表するのが正しいとも思えません。私でも黙っていると思います」

孝冬が言うと、杉原は力なく苦笑した。白日の下に晒《さら》された醜聞で苦しむのは、楡子爵本人だけではないし、当人の死後も鷹之助はそれを背負っていかねばならない。それでは、あまりに気の毒だ。

「晩年、楡子爵は不摂生がたたってずいぶん苦しんだようだが、それで奥方たちの無念が晴れるわけでもないし、幽霊の話を聞いては、なお哀れでならないよ」

きっとその幽霊は、奥方だろう――と杉原は言う。

「君から聞いた風体を考えれば、子爵夫人ではなく奥方のほうだ。夫人はふだんからいい身なりをしていたし、懐剣など持っていなかったからね」

「違い矢の家紋が入った懐剣だそうですが――」

杉原はうなずきながら、「それは楡家の家紋だ」と言った。「おそらく、楡家伝来の大事な懐剣ではないかな。故郷を離れるさいに持ってきたのだろう」

貧苦に喘《あえ》ぎながらも質にも入れずにいたあたりが、武家の妻女らしいと言えるのだろうか。

「楡子爵はもういないというのに、奥方だけがあの屋敷に取り残されているのでは、あまりに気の毒だ。私からも頼みたい。どうか、あの世へ送ってあげてほしい」

杉原はそう言って、孝冬に向かって頭をさげた。孝冬ももちろん、それを望んでいる。しかし同時に、気が重くなった。成仏させるすべがなく、祓うとなれば、淡路の君に食わせねばならない。

杉原のもとを辞去して、帰宅の途に就く。あたりは夕焼けに染まっていた。麴町に向かううちに陽は沈み、見る間に夕闇が迫り来る。道端に植えられた柳の下を蝙蝠《こうもり》が飛び交い、軒先には涼み台が出されて、浴衣姿の住人たちが団扇を片手に談笑している。薄闇に彼らの浴衣がぼんやりと白く浮かびあがっていた。大通りでは電灯に明かりが灯り、夜店が立つ。途中、杉原から聞いた菓子屋に立ち寄ったが、あいにく店はもう閉まっていたので、賑《にぎ》わう夜店のなかにあったカルメラと塩せんべいを買った。花菱邸に着くころにはすっかり暗く、そこここから蚊遣の煙が薄く漂ってくる。虫の音が耳に涼しい。

車を降りた孝冬は、出迎えた由良にパナマ帽を渡しつつ、「鈴子さんは？」と訊いた。毎度のことなので、由良も表情を変えず「お変わりありません」と答える。

玄関からなかに入れば家令の御子柴《みこしば》が「お帰りなさいませ」と恭しく出迎える。これもいつものことだ。そして――。

「お帰りなさいませ」

顔をあげれば、階段の手すりに手を置き、二階からおりてこようとする鈴子がいる。孝冬は階段を駆けあがった。まるで飼い主のもとへ馳《は》せ参じる犬のようだと思いながら。

「ただいま帰りました」

孝冬はさっそく菓子の入った紙袋を鈴子にさしだす。カルメラの甘いにおいに、鈴子が「あら」と小さく声をあげた。

「ほんとうは羊羹を買ってこようと思ったのですが、もう店が閉まっていたので、夜店でおいしそうだったカルメラと塩せんべいを買ってきました」

「おいしそう」と紙袋のなかを覗き、鈴子は素直な意見を洩らす。孝冬はその反応に満足した。

鈴子はいますぐにでも菓子を食べたそうな目をしていたが、ちらと背後に控えたタカを見やり、紙袋の口を閉じる。

「すぐに食事の用意ができますから、こちらはあとでいただきましょう」

澄ました顔で言う鈴子に、孝冬は「そうしましょう」と同意して笑った。鈴子の凜《りん》としたところには惚れぼれする孝冬だが、ふとしたときに覗くかわいらしさも、いとおしいと思う。

鈴子は孝冬の顔を見あげ、「お疲れでございましょう」と言った。

「さきにお風呂になさってはいかがでございますか。――タカ、食事の用意はすこし遅らせてちょうだい」

かしこまりました、とタカが階下におりてゆく。孝冬は自分の頰を手で撫でた。疲れた顔をしていたのだろうか。鈴子はそういうところにめざとい。なにせ千里眼を生業《なりわい》としていたのだから。

「お話は、食事のあとにでもうかがいます」

やはり、よくわかっている。鈴子の気遣いが胸にじんわりとしみて、知らぬ間に凝っていた肩がほぐれてゆくようだった。

「風呂はいいですから、部屋ですこし休みます。そばにいてくださいませんか」

ひとりになりたくない、と甘えるようで情けなかったが、孝冬は正直に告げた。いったん鈴子の顔を見てしまうと、ひとりになるのが耐えがたいほどにさびしく感じてしまうのだ。昼間、仕事でひとりでいるのは平気なのに、不思議なものだ。

鈴子はにこりともしなかったが、「わかりました」とうなずいた。

夕食後、孝冬から話を聞いた鈴子は、「そうでしたか」と答えて、しばらく考え込んだ。

――あの幽霊は、楡子爵の国許の奥方……。

現在の楡子爵、鷹之助の生母でもある。鈴子は、鷹之助の頑《かたく》なな態度を思い返した。

あの態度も当然だろう、凄惨な現場を目撃したのなら――それも子供のころに。

「先代の楡子爵がご存命ならよかったのですが、故人となればそのご子息にまずは話を訊きにゆくのが筋ですから、あのとき我々が鷹之助氏を訪問したのは妥当だったと思いますよ」

孝冬が塩せんべいを割りながら、そんなことを言う。

――わたしが気にすると思って。

気を遣ってくれている。鈴子はかすかに笑みを浮かべ、カルメラをかじった。さっくりとして甘い。上等な羊羹もおいしいが、こういう駄菓子もいいものだ。

「楡子爵に――当代のほうの、です――お詫《わ》びがてら、再度お会いすることはできるでしょうか」

つぎは門前払いにされてもおかしくない。

「申し入れてみますが……まだなにか、楡子爵に訊きたいことでも？」

「たしかめたいことがあって。懐剣のことで」

孝冬はけげんそうな顔をしつつも、「鈴子さんがそうおっしゃるなら、段取りをつけましょう」と請け合った。

翌日、日が暮れてから鈴子と孝冬は麻布の楡子爵邸を訪問した。鷹之助が、「仕事が終わってからなら会ってもいい」と言ったためである。

帰宅していた鷹之助に出迎えられ、今回はちゃんと応接間へと通された。といっても、歓迎されているわけでないことは、鷹之助の表情からしてもわかる。不機嫌そうな顔で、「杉原さんからも頼まれては、お会いしないわけにいきませんので」と言った。どうやら杉原氏が口添えしてくれたらしい。

「市ヶ谷のあの屋敷であったことは、杉原さんから聞いてすでにご存じなんでしょう？それ以上、なにをお聞きになりたいのですか」

つっけんどんな口調の鷹之助に、孝冬は柔和な笑みを浮かべ、「先日は失礼しました。まずは非礼のお詫びをと思いまして」と羊羹の包みをさしだす。鷹之助は眉をよせたが、突き返すことなく受けとった。鷹之助が好んでいるという店の羊羹である。事前に孝冬が杉原に訊いておいたのだ。

「それで、ご用件は？」

鷹之助は先日のような洋装ではなく、こざっぱりとした紺絣の縮《ちぢみ》に麻の帯を締めている。行水で汗を流したあとなのかもしれない。

孝冬は鈴子のほうを見た。鷹之助の視線もつられて鈴子に移る。

「懐剣のことをおうかがいしたかったのです」

鈴子が言うと、「懐剣？」と鷹之助の声が尖《とが》った。が、婦人に対して無礼だとでも思ったのか、心持ち声を和らげ、「どういうことですか」と訊き直す。

「子爵のご母堂がお持ちだった懐剣は、楡家伝来の品でございますか？」

「そうですが」鷹之助は話が見えないようで眉をひそめる。「それが？」

「それなら、懐剣はこちらにあるのではございませんか」

鷹之助がますます眉をよせた。

「そうだとして、なんの関係がありますか」

やはりあるのだ——と、鈴子は思った。下級藩士の家柄と聞いていたので、伝来の品はすくないか、その懐剣だけだったろう。それなら殺害、自害に使われたとしても、処分はしないのではないか、と思ったのだ。

「見せていただくことは、できますか？」

鷹之助は眉間に皺をよせ、沈黙する。

「……なぜですか」

あきらかに不機嫌そうな声音《こわね》で言う。鈴子は表情を変えることなく、「柄の文様を確認したいのです」と答えた。

不快さを隠さない男に対して臆《おく》することも阿《おもね》ることもない鈴子に、鷹之助はおかしな生き物でも見るような目を一瞬向けたが、すぐに顔を背ける。

「わかりました。いいでしょう。すこしお待ちください」

丁寧に告げて、部屋を出ていった。しばらくして戻ってきた鷹之助は、細長い木箱を抱えていた。その箱をテーブルに置いて、蓋を開ける。なかにあったのは、見覚えのある懐剣だ。

——あの幽霊が持っていたもの……。

鈴子は身を乗りだして懐剣を眺める。柄には違い矢の家紋。加えて魚子《ななこ》地に金の象嵌で、打ち出の小槌、米俵、頭巾——そんな文様が入っている。

「これは、大黒《だいこく》様の留守文様でございますね」

鈴子は姿勢を戻して、鷹之助を見た。鷹之助はむっつりとうなずく。『それが？』と表情が語っていた。

留守文様は、大黒天ならば大黒天そのものを象るのではなく、持ち物などで表現するという意匠である。大黒天は小槌を手にして頭巾を頭に被《かぶ》り、米俵に乗っている姿でよく表されている。だから小槌、頭巾、米俵などの文様は大黒天の留守文様なのだ。

市ヶ谷の屋敷で見たときには、幽霊がしっかりと柄を握っていたので、見えない部分もあった。こうして実物を目にして、鈴子はようやくこれが大黒天の留守文様だと確信できたのである。

「縁起のいい文様ですね」と孝冬が言うと、鷹之助は皮肉げな笑みを浮かべた。

「私にとっては、縁起の悪い文様ですよ。母にとってもそうでした」

懐剣から目をそらし、鷹之助は眉根をよせる。

「『大黒様がお留守だから』が母の口癖でしたよ。『大黒様がお留守だから、わが家はこんなにも貧しい』『大黒様がお留守だから、旦那様は帰ってこない』。母にとって、不幸なことはすべて大黒様の留守のせいでした。母は神仏に見放されていると信じ込んでいたんですよ。自分が不幸なのは神様に見捨てられたせいだと――実際には、見捨てたのは神でも仏でもなく父だったわけですが、それを直視したくなかったんでしょう」

鷹之助は額に手をあて、うなだれる。表情に翳がさした。

「あのとき、それが極限に達してしまった。よく覚えています。忘れられるものではない。暑い日だった。湧き出る汗が目にしみて、喉はからからで、それでも休むことも許されず、母にきつく手をつかまれて、ひきずられるようにしてあの屋敷に辿り着いたんですよ。私はもう朦朧《もうろう》としていました。玄関はひんやりとして涼しかったから、いくらか生き返るような心地がしたものです。奥から現れた美しい婦人が、父の妻だと名乗りました。それで

――」

鷹之助は言葉を切り、ちらと懐剣に目を向けた。忌々しげに、同時に憐れむように。

「それで、終いです。母はおそらく、それでも受け入れられなかったんですよ。父に捨てられたのだということを。どれだけ貧しくなろうとも懐剣を売ろうとはしなかった、誇り高いひとでしたからね」

皮肉な口ぶりだった。

「だから、ないものにしようとしたんでしょう。目の前のものを、ぜんぶなかったことにしようとした。できはしないのに」

ぜんぶなかったことに――現れた子爵夫人を殺《あや》めて、自らも殺めて。鈴子は、ひんやりとした風が首筋をかすめるような心地がした。

「留守文様でなかったら、違っていたんでしょうか。大黒様がいれば、母もこの懐剣をふりあげはしなかったかもしれない。さすがにそんな懐剣で、ひとを傷つけることはできなかったでしょうから」

神がいれば。突き放したような静かな口調が、かえって悲痛な叫びに思えた。

懐剣を見せてもらった御礼を述べて、鈴子と孝冬は楡家を辞去した。鷹之助は、不思議と出迎えたときのような不機嫌さはなく、肩の凝りがとれたような様子で見送ってくれた。

「……あのかたのお母様は、いまだに神に見捨てられた不幸のなかにいるのでしょうか」

車窓の向こうの暗闇を眺め、鈴子はつぶやいた。もうすっかり夜だ。真夏の夜の闇は、ねっとりとして、絡みついてくるような気がする。捕らわれたら、逃げ出せないような。

「方法があると思いますか？」

孝冬が言う。成仏させる方法はあるか、ということだ。鈴子は自分の手もとに目を落とした。

――どうだろう。あるのだろうか……。

なかったら、淡路の君に食わせるほかない。ぼんやりと、レースの手袋をした手の甲を撫でた。

「ああ、鈴子さん、見てください。夜店ですよ」

気分を変えようとしてか、孝冬が朗らかな声をあげた。その声に外を見れば、車のくだる坂道の下に、煌々《こうこう》とした明かりが見える。東京市内では毎夜、どこかしらで夜店が開かれている。電灯やアセチレン灯の明かりに、ずらりと並ぶ露店が照らしだされていた。

「どこの縁日でしょう」

「この辺だと、久国稲荷《ひさくにいなり》かな。麻布でいちばん盛んなのは、今井町《いまいちょう》のなだれ帝釈《たいしゃく》ですが」

　麻布には稲荷や観音、帝釈天に不動、薬師と様々な縁日が立つ。それはほかの地区でも同様で、市内において縁日のない日はないほどだ。

　ザラメの溶ける甘いにおい、醤油の焦げる香ばしいにおい、そんなさまざまなにおいが漂ってくる。

「寄っていきましょうか」

　鈴子がにおいに心惹かれたのを察してか、孝冬が笑って言う。返答するより早く、孝冬は車をとめさせていた。

　車から降りて、露店をひやかしそぞろ歩く人々のなかに交じる。子供も多い。婦女子もいれば浴衣姿でぶらつく男性もおり、背広の紳士もいて、軍人もいる。飴《あめ》や煎《い》り豆、カルメラといった子供の集まる駄菓子の店や、古道具や古本、海鬼灯《うみほおずき》に金魚屋や虫屋といった種々多様な店が並んでいた。西瓜《すいか》の切り売りをしている店先では、若い男がみずみずしい西瓜にかぶりついていた。こうした夜店の雑踏のなかを歩くのも、ずいぶんひさしぶりである。物珍しさに目移りしてしまう。

「あやめ団子がありますよ」

　孝冬が指さすさきには、団子屋があった。香ばしく甘いにおいがする。姉《あね》さん被りにたすき掛けの中年女性が、暑さに顔を赤くしながらせっせと団子を焼いていた。あやめ団子は、小さく切った新粉餅《しんこ》を扇形に広げた串に刺して焼き、甘いたれを絡めたものだ。なぜ『あやめ団子』というのかは知らない。

たれを落とさないよう、気をつけながら口に運ぶ。団子はすでに冷めていたが、もっちりとした新粉餅がほんのり焦げているところに甘いたれが合わさるのが絶妙で、おいしかった。せっかくだから、女中たちに人形焼きやら瓦煎餅《かわらせんべい》やらを買っていってやろうかと、鈴子は周囲を見まわす。ふと、露店のひとつに目がとまった。

古道具屋である。莚《むしろ》を敷いた上に古びた屏風《びょうぶ》やら火鉢やらが置かれている。値打ち物があるようには見えない。明治の初めごろは、かつての旗本や御家人が糊口《ここう》をしのぐために家財や伝来の品をこうして売っていたそうで、蒔絵《まきえ》の器やら甲冑《かっちゅう》やらが二束三文《にそくさんもん》で買われていったらしい。もったいないことである。

古道具屋の主人は髭《ひげ》を生やした中年の男性で、かたわらの椅子に腰かけ、こっくりこっくりと舟を漕いでいる。

「気になるものでもありますか？」と孝冬が品物を眺めて、首をかしげた。簪《かんざし》もなければ女物の草履《ぞうり》があるわけでもない、なにに目をとめたのか、と不思議なのだろう。

鈴子は身をかがめ、隅に置かれていた小振りの木像を手にとった。

「おや――」孝冬も覗き込む。「大黒様ですね」

「はい」鈴子は像をまじまじと見つめる。頭巾を被り、袋を担いで小槌を手にした、ふくよかな男性像。米俵の上に立っている。顔立ちはやさしげで、満面に笑みを浮かべていた。煤《すす》けたような黒い木像だ。埃っぽいが、磨けばつやが出そうだった。

「神様がいないというなら、いてもらうようにしましょう」

鈴子がそう言うと、孝冬は一瞬きょとんとしたが、すぐに考えを察して微笑した。

「いい考えですね」

「そうお思いになる？」

「あなたらしいと思います。とても」

孝冬は居眠りをしている主人を揺り起こして、大黒天像を言い値で買った。


玄関に大黒天像を置いてはどうか――と中嶋に買った像をあげると、彼は自身でもあちこちの古道具屋から大黒天像をいくつも買ってきて、玄関に供えたという。

中嶋が花菱邸にやってきたのは、それから一週間後のことだった。幽霊の件かと思ったら、すこし違っていた。

「先日、家内が無事に出産しまして」

相好を崩して中嶋は言った。「母子ともに元気です」

「それはよかった。おめでとう」

「おめでとうございます」

孝冬と鈴子が揃って祝辞を述べると、中嶋は「ありがとうございます」と礼を言ってから、居ずまいを正した。

「玄関の幽霊なんですが、像を置いてから、不思議と薄暗さがなくなったんです。それに、ぞくぞく冷える感じもしなくて――」

幽霊の姿も、見えなくなったという。

「ほんとうに、その場の雰囲気が全然違うんです。気のせいと言われればそれまでなんですけど、でも、幽霊もあれから見ませんし」

「それはよかった」と孝冬はまたくり返した。

「ただ」と中嶋は顔を引き締める。「事件の話を聞いて……そんなことがあった家で、子供は育てられません。いや、家なんてどこも歴史を掘り返せば、不幸なことはいくらでもあるとは思いますが……やはり、私には無理です」

「そうですか」

それも無理はない、と孝冬は思う。鈴子のほうをちらと見れば、彼女もそう思ったのか、かすかにうなずいていた。

「秘書の仕事も辞めるつもりです。家内の実家近くにある学校で、教師の働き口がありまして、どうかとすすめられているんです。どうも私は、政治の世界に身を置くより、そちらのほうが合っている気がしまして」

中嶋は頭をかきながら、苦笑いする。

たしかに、彼にはそちらが合っている気がする——と、孝冬は微笑する。

「しばらくは家内の実家で暮らします。池袋《いけぶくろ》の田舎ですが」

近くにいらしたらぜひお立ち寄りください、と言って、中嶋は帰っていった。

「お祝いを用意しましょうか」

鈴子が言い、孝冬も賛同する。出産祝いと、新天地での就職祝いである。

「ご祝儀と、なにか贈り物を……なにがいいかしら」

「赤子の着物などですかね」

「そうしたものは、ちゃんとあちらでご用意なさっているものでございます」

べつのものにしましょう、と言う。そういうものなのか。鈴子は異母姉ふたりの結婚と出産を見てきているので、勝手がわかっているのだろう。

「三越《みつこし》あたりでなにか見てまいります」

「それなら私も一緒に」

鈴子は気遣わしげな目を向ける。「せっかくのお休みですのに。ゆっくりなさってらしたら」

「せっかくの休みなのに鈴子さんと一緒にいられないのでは、つまらないでしょう」

鈴子は多忙な孝冬の体を心配してくれるが、孝冬からすれば、鈴子と一緒に過ごすのがなにより息抜きになるのである。ひとり屋敷に残されては、むしろ具合が悪くなりそうだった。

鈴子は孝冬の返答をどう思ったのか知らないが、軽くうなずいた。了解したということである。鈴子は表情をあまり変えることはないものの、感情はおおよそ目を見ればわかる。いまは不機嫌でもなければ、苛立《いらだ》ってもいない。一緒に出かけるのをいやがっているのではないと、孝冬は安堵する。

このところ孝冬は、安堵することが増えたと思う。鈴子のことを思って不安になるより、安らぐことのほうが多い。

――そのことに、妙な胸騒ぎを覚える。

などと言ったら、鈴子はあきれるだろうか。安らいだ日々に馴《な》れぬせいだと言うだろうか。

——気のせいなら、いいのだが。

心配しすぎなのかもしれない。孝冬はひっそりと苦笑した。

出かけるというので、タカが大張り切りで鈴子の着替えを用意しはじめた。女中のわかを急《せ》きたて、衣装簞笥《だんす》から着物やら帯やらを出させる。

「そんなに張り切らなくたっていいわ」

鈴子は言うが、タカは『とんでもない』という顔でふりかえる。

「三越やら銀座やらには、目の肥えたご婦人がたが多くいらっしゃいますからね。侮《あなど》られてはたまりません。『さすが花菱男爵夫人』との評判をとらなくては。花菱家と旦那様の名誉のためでもございますよ」

そんな大げさな、とも言えないのが社交界の怖さである。「任せるわ」と鈴子は一任した。

「これみよがしに贅沢な装いではいけませんし、かといって地味でもいけません。あまり華美では小娘のようで軽すぎますし、落ち着きすぎても歳に合いませんから……」

ぶつぶつとつぶやきながら、一枚の着物を衣桁《いこう》にかける。ごく淡い藤色にぼかしの入った、紗の着物だ。柄は描かれていないが、雪輪《ゆきわ》や矢雪《やゆき》、氷柱雪《つららゆき》など雪紋尽くしの地紋が入っている。真夏に雪というのも、好まれる意匠だった。この地紋は遠目にはわからず、一見、ぼかしが入っただけの無地の着物に見える。

「いかがです？」

「いいわね」

タカの問いに、短く答える。タカが選ぶものに間違いはないのである。

帯は花菱の地紋を織り出した銀通しの紗に、雪輪と萩《はぎ》や桔梗《ききょう》といった秋草の刺繡を施したものを選ぶ。帯留めは小粒の真珠を連ねたもの。雪とも露とも思える。帯締めや帯揚げはすっきりと白でまとめる。半衿《はんえり》も雪輪の刺繡が入った白の絽だ。

三つ紋付の羽織は着物よりもやや濃い紫の紗で、やはり花菱の地紋を入れたうえに裾《すそ》やところどころを白くぼかし、友禅《ゆうぜん》や刺繡で雪輪と秋草を表している。秋草は鮮やかさをぐっと抑えた、品のある色合いになっていた。控えめな華のある羽織だ。主役はこの羽織だろう。羽織紐《ひも》は真珠を交えた銀の鎖にする。中央には花菱を象った小さな銀細工があった。ひそやかに添えられた花菱が洒落ている。

着替えがすんだころを見計らって、孝冬がやってきた。彼も余所《よそ》行きのスーツに着替えている。白麻の三つ揃いだ。小物を選んでほしいという。毎度のことである。今日はついでに彼のネクタイなども買ってこよう、と鈴子は思う。孝冬はあまり自分のことには構わないので、鈴子が彼に似合うものを選んで買うようにしている。

「こちらはいかがですか？」

鈴子は藤色のネクタイを選ぶ。花菱の織り柄が入っている。

「いいですね」と孝冬は上機嫌の笑顔で答える。鈴子が選んだものに、いやそうな顔をすることはまずないが。

ネクタイピンは芥子《けし》真珠を並べたもの、カフスボタンは雪輪を象った彫金にする。

「鈴子さんとお揃いですね」

孝冬はうれしそうである。

「用事がすんだら、銀座あたりで甘いものでも食べましょう。やはりアイスクリームでしょうか」

「あまり冷たいものばかり食べては体に障ります」

先日、タカにそう叱られたのである。

「じゃあ、甘酒とかお汁粉とか。蜜豆《みつまめ》くらいならどうです？　前にご一緒しましたね、蜜豆屋は」

「あれは、結婚する前でございました」

「ああ、そうでした、そうでした。なんだかもうずいぶん前のように思えますね」

「そうですね」と答えて、すこし笑う。不思議な感じがした。あのころ孝冬に対しては警戒心を強く抱いていたのに、いまは真逆だ。そう昔のことでもないのに。

ではひさしぶりに蜜豆を食べることにしようか――という話になり、ふたりは出かけた。まずは中嶋への祝いの品選びである。日本橋へ向かい、三越呉服店に入り、なにがいいか吟味する。

「あまり高価なものを贈っては、かえって困るでしょうから……」

中嶋には万年筆、奥方にはハンカチなどどうだろう、とまずは近くにあったハンカチ売り場へ向かう。ガラスのショーケースのなかには、絹地に薔薇の刺繍の入ったハンカチ、レースの縁取りのついたハンカチなど、実にさまざまなものがある。ふといい香りが漂ってきて、そちらを見れば、『薫英堂《くんえい》』の『西洋香　フロラ』の売り場であった。孝冬の会社の人気商品である。いまも女学生らしき少女から年配の婦人まで、幅広い年齢層の女性陣が売り場に集まっている。

「立秋も過ぎましたから、そろそろ秋物の品が売れはじめる頃合いですよ」

孝冬が客たちを眺めて言う。秋物は『矢車草《やぐるまそう》』や『秋桜《あきざくら》』といった印香だった。鈴子も孝冬からいくつか商品をもらい、使用している。今日も『矢車草』の印香を紗の袋に入れたものを袂に忍ばせている。いちばん好きなのは、定番商品である『白百合《しらゆり》』なのだが

――。

た。

その『白百合』の香りが背後からふうと香り、鈴子は思わずふり返る。

あっ、と洩れかけた声をこらえた。微笑を浮かべた老婦人が佇んでいる。鴻八千代だった。

「まあ、奇遇でございますね」

錆青磁《さびせいじ》の地に竹の地紋を織りだした紋紗に、露芝《つゆしば》を刺繍した黒い絽の帯、黒い夏羽織。裕福な楽隠居といった装いだ。

羽織は一見、地味で無難な黒羽織と思いきや、ドロンワークの地に縫取織《ぬいとりおり》で笹《ささ》の柄を配した逸品である。ドロンワークは生地から糸を抜き、そこを別糸でかがって透かし模様を作りだす技法で、それを羽織の地全体に用いているのだから、そうとうに手の込んだ贅沢なものである。贅を凝らした品ながら、そうと知らねば見過ごされてしまう、通好みを唸らせる代物だろう。八千代自身をよく表しているように鈴子には思える。一見、品のいい至って無害な老婦人に見えて、実のところ、思惑がまるで読めない――。

「おや、あなたはいつぞやの」

孝冬が素知らぬ顔で言い、鈴子の前に出た。「堀切の菖蒲園でお会いしましたね」

「よく覚えておいでで……」八千代は口もとを押さえて笑う。「あのときは名乗らずに失礼いたしました。鴻八千代でございます」

「なにかご用ですか？」

孝冬の声音は愛想のいいものだったが、言葉自体はそっけない。用がないなら去れ、と言っているも同然である。警戒している。

「いいえ、買い物にまいりましたら、偶然おふたりをお見かけしたもので。主人が新しい鞄《かばん》が欲しいと申しておりましてね、これはと思うものをさがしておりますの。あいにく今日は見つからなかったものですから、もう帰るところでございます」

ゆったりと八千代は答える。穏やかな微笑はすこしも崩れない。

「ところで、市ヶ谷の例のお屋敷の……」

表情も変えず、出し抜けにそんなことを口にする。

「ずいぶん迂遠《うえん》な手法をお使いになったものでございますね。驚きました」

大黒天像のことを言っているのだろうか。なぜ知っているのだろう。

孝冬は無言のまま、相手の出方をうかがっている。

「花菱男爵でしたら、そんな手法を用いずとも、すぐさま祓ってしまえたでしょうに……。なぜでございます？」

八千代は心底、不思議そうに首をかしげる。孝冬はやはり無言である。八千代は、困ったような笑顔を浮かべた。

「差し出がましいことを申し上げてしまったかしら。お気を悪くされたのでしたら、お許しくださいませ。わたくし、案じておりますの。おふたりとは相通じるものがあると思っておりますもので、つい年寄りのお節介で、よけいな口を挟んでしまいます」

八千代はとうとうと述べて、なんの底意もないようなほほえみを孝冬と鈴子に向ける。その笑みのまま、八千代はつぶやいた。

「鈴子さんがおやさしいのは、血筋ですかしら……」

え？　と鈴子が訊き直す前に、八千代はきびすを返してしまっていた。小柄なうしろ姿は、すぐに女学生や使用人をつれた夫人といった買い物客のなかに紛れてしまう。声をかけるのも追いかけるのも、衆目が気になった。孝冬は男爵で、鈴子は男爵夫人なのである。立ち居振る舞いには人一倍、気をつけねばならない。

「鴻氏と夫人のことは、調べていますので、大丈夫ですよ」

孝冬が言う。

「調べて……？」

「どうにも胡乱《うろん》ですからね」

孝冬は八千代の去っていったほうを、厳しい目つきで眺めていた。

首尾よくレースのハンカチと万年筆を買い、孝冬のネクタイも三本ほど選んで、ついでになぜか鈴子も秋物の単衣《ひとえ》を一枚、誂《あつら》えることになり、ようやく三越呉服店を出たときには陽が傾いていた。それでも暑い。堅牢な五階建ての洋館を出るなり、かっと照りつける日差しに閉口した。

買い物のあとは蜜豆を食べに行く予定だったが、この日差しに参って敢《あ》えなくアイスクリームソーダに変更した。

日差しから逃れるように店に入り、冷えたソーダ水をひと口飲むと、生き返る心地がした。炭酸の泡がはじけるのが舌に心地いい。ソーダ水に浮かんだアイスクリームを匙《さじ》ですくって口内に入れれば、まず冷たさが火照った体にうれしく、次いで甘さにうっとりする。ソーダ水にはレモンの風味がついており、爽やかさを添えていた。

炎暑のなかにおいて、これ以上に最適なものはない。

「夏はアイスクリームソーダ、冬ならお汁粉かな。春と秋なら、どんな甘味がいちばんでしょうね」

黙々と匙を動かす鈴子を眺めながら、孝冬が言う。彼はアイスクリームソーダではなく、冷やし珈琲を飲んでいた。

鈴子は手をとめ、思案する。

「春なら草餅に桜餅、ああ、牡丹餅《ぼたもち》もございますね。秋でしたら、おはぎや月見団子でしょうか」

とてもひとつには絞れない。孝冬は笑った。

「なるほど、たくさんありますね。いちばんを決めるのは難しい」

鈴子はうなずき、ふたたびアイスクリームを匙ですくった。

「もうしばらくすれば暑さもしのぎやすくなるでしょうから、アイスクリームだけでなく、ほかのおいしいものも食べに出かけましょう」

「はい。――今日、アイスクリームソーダを食べたことはタカには黙っていてくださいまし」

孝冬は快活に笑った。

「わかっていますよ。私も怒られてしまいそうですからね」

涼しくなったら――と、鈴子は思いを巡らす。秋はおいしいものがたくさんある季節だ。なにを食べに行くか、考えるだけで楽しい。その考えが、孝冬とともに出かけることを前提としていることに気づき、鈴子は新鮮な心持ちになった。

アイスクリームがだんだんとソーダ水に溶けてゆく。窓の向こうにはまぶしい陽光が満ち、建物の影が濃く落ちている。陽が明るすぎるだけに、その影の濃さは妙に心を不安にさせる。

やらねばならぬことは多くあり、やり遂げねばならぬこともある。暢気《のんき》に食べ歩いてば
かりもいられない。

それでも、目の前に孝冬がいてくれることが、しっかりとした安堵を鈴子に与えていた。
——彼にとっても、そうであったらいい。

外に満ちる明るい光に、鈴子はそう祈った。

鬼灯の影

飲み屋の暖簾《のれん》をくぐると、相手はいつもの奥の席に座ってすでに麦酒《ビール》を飲んでいた。孝冬を見ると、軽く手をあげる。

そう大きな構えではない店内はかなり混んでおり、奥の席以外はすべて埋まっていた。日雇い労働者のほか、会社勤め、あるいはお役人らしいスーツ姿の客もちらほら見受けられるが、実業家や政治家といった客は見当たらず、もちろん華族らしい上品な客もいない。料亭と違い、大衆の居酒屋である。

「おう、お疲れ。案外、早かったな」

麦酒で満たしたコップを傾け、五十嵐《いがらし》は馴れた調子で言った。無精髭《ぶしょうひげ》に寝癖のついた髪、大きな図体を包むのはくたびれたシャツとズボンだ。ネクタイは邪魔くさいといって締めたことがなく、シャツも上までちゃんとボタンをとめず、だらしがない。彼は孝冬の昔なじみである。しばしば、こうして居酒屋で会う。ただ顔をつきあわせて飲むためではない。用があってのことだった。

「急いだんだよ。帰宅があんまり遅くなっては困る」

孝冬は向かいの席に腰をおろし、上着を隣の席にかける。その席に携えていた風呂敷《ふろしき》包みをそっと置いた。四角い木箱が包まれている。

「なんだ、そりゃ。骨董の茶碗でも入ってるのか？」

「マスクメロンだよ。千疋屋《せんびきや》で買ってきた」

「俺へのみやげか？」

「そんなわけあるか」

おたがい、言葉には遠慮がない。それだけ古くからの仲だった。

「鈴子さんへのみやげに決まってるだろう。帰りが遅くなるお詫びだよ」

五十嵐は愉快そうに笑った。

「まったく、変わるもんだな。横浜にいたころから、女遊びもせず商売にしか興味なかったような男がさ。奥さんが待ってる家に早く帰りたくてそわそわして、マスクメロンがみやげと来た。俺はそんな高級な果物《くだもの》、お目にかかる機会もないぜ」

「先月、マスクメロンの試食会があったと新聞に載ってたじゃないか」

「大隈《おおくま》さんのか。そんなのに俺みたいな下っ端《ぱ》記者が招待されるわけないだろ」

果樹栽培は政府の農業振興策のひとつで、欧米から果樹の苗を輸入し、育て、改良し、その苗が全国に配布された。いまでは、果物はご進物によく用いられるまでになった。

マスクメロンの温室栽培も、明治のころからさかんに研究されている。この高級果実の名を一躍広めたのが、大隈重信《しげのぶ》による試食会開催の新聞記事だ。大隈は自邸の庭園でマスクメロンを栽培していたのである。

「あいかわらず、大隈侯は新聞を利用するのがうまい」

「ほかの連中が下手なのさ」

五十嵐は煙草《たばこ》に火をつけ、さしてうまそうな顔もせずに吸う。彼は京橋《きょうばし》にある新聞社に勤める記者である。いつも眠そうな目をして、格好はだらしがなく、怠けているように見えて、耳は早い。だから孝冬も頼りにしている。

注文した麦酒と肴《さかな》が運ばれてくるのを待って、孝冬は本題を切りだした。

「それで、頼んだ件はどうだった？」

五十嵐は、ふうと紫煙を吐きだす。

「ありゃあ、たいそうな狸だろう。古狸だ。前にも報告したがな、一代で財を成した遣《や》り手だぜ。それもたまたま好景気の波に乗って儲けた成金じゃない。先見の明があるし、ひとを懐柔するのもうまい。政界にもそうとう食い込んでる。調べるのはけっこうだが、敵に回すのはやめときな」

鴻善次郎のことである。

「敵に回すつもりなんかないさ」

「ほんとうかねえ」五十嵐は疑わしげな目で孝冬を見る。

「おまえさんは、昔っから怖いもの知らずなところがある。横浜にいたころも、ずいぶん危なっかしかったぜ。まったく信用がならん」

ははは、と笑って孝冬は麦酒に口をつける。苦いとしか感じなかった。酒はあまり好きではない。

敵に回すつもりがないというのは、ほんとうだった。

――鈴子さんの敵でないかぎりは。

それを確かめたいだけだ。

「政界というのは、どのあたりに？　政友会《せいゆうかい》？」

「いや、もっぱら貴族院のほうみたいだな。赤峯《あかみね》伯爵のいる研究会とか。赤峯伯爵とは長いつきあいなんだと。いつからの知り合いかは知らんが。その人脈を使ってか、華族ともつながりがある。華族は名前だけの社長やら会長やらによくなってるもんだが、鴻氏が実質経営している会社のいくつかで、そういう例がある」

経営する側は華族の名前を箔《はく》づけに用い、華族側は報酬が得られる。もちつもたれつの関係だ。もちろん、場合によっては倒産や、知らぬ間に詐欺に加担させられていたなどの不利益も被る危険はあるが。

孝冬は鴻とかかわりのある華族を教えてもらい、記憶する。

「鴻夫人のほうは、正直よくわからん。鴻心霊学会の母体、あの燈火教を創設した代表の娘というのはたしかだが、燈火教の関係者として表に出てきた様子はないし、なにかしらの記事もない。鴻氏は病に倒れたとき、燈火教の代表に助けられたという逸話があるから、その縁で娘と結婚したのかね」

ちなみに、と五十嵐はつづける。

「鴻心霊学会に悪い噂もなければ、燈火教も警察に目をつけられているという話もない。心霊学会はともかく燈火教のほうは、ああした宗教の団体にしちゃ優等生だな。大本《おおもと》教なんかはそろそろまずい」

「まあ、政府公認の宗教だからね」

「その公認を受けるまでがたいへんだろ」

公認されていなければきびしい弾圧を受けるが、燈火教は教派《きょうは》神道《しんとう》の傘下に入っている。傘下となると所属する教派の教規に従わねばならず、本来とは異なる主祭神を祀《まつ》らねばならないなどの制限がある。かといって傘下から独立するのは難しく、弾圧も受ける。

燈火教はおそらく、ほかの民間宗教がそうだったように、教義や信仰する神を政府の意向に沿う形に整えて届け出ているのだろう。加えて――。

「鴻氏の力もあるのかもしれないな」

麦酒を飲むでもなく眺めて、孝冬はつぶやく。警察ににらまれぬよう、政府に目をつけられぬよう、鴻が手を回しているのかもしれない。

「そりゃあ、あるだろうな。――飲まねえなら、もらうぜ」

五十嵐は孝冬の側に置かれた麦酒瓶を奪い、自分のコップにそそぐ。孝冬は店員に麦湯《むぎゆ》を頼んだ。五十嵐といるときは、無理をして酒を飲まなくてもいいので助かる。

「鴻氏の出身は茨城《いばらき》の神社だと前に聞いたけど、燈火教の代表というのは、どこの出身なんだろう？　それは知ってるか？」

「東京近郷の農家の出としか明かされてない。もともと古くからあった民間信仰を体系立ててひとつの団体にしたのが燈火教で、それをやったのは丹羽《にわ》ってじいさんなんだが、いまの代表はその弟子の久津見《くつみ》って男だ。この久津見の出身がいま言った東京近郷。丹羽翁の出身や来歴は不明だ」

「鴻夫人は、その丹羽翁のほうの娘か？」

「そうだろう。久津見氏は鴻夫人より若いぜ」

なるほど、と孝冬は顎を撫でる。ちょうど麦湯と追加の料理が来たので、会話を中断して箸《はし》をとった。五十嵐も箸を皿に伸ばす。焼き茄子《なす》に茗荷《みょうが》がたっぷり乗った冷や奴《やっこ》、鯵《あじ》の南蛮漬け。この店は凝ったものではないがうまい料理を出す。労働者向けなので量も多い。鈴子をつれてくるにはむさくるしい店だが、五十嵐と会うにはちょうどよかった。

「またなにかわかれば、教えてくれ。ともかく情報が欲しい」

「わかればな。そうそう、うまいこと情報は入ってこないんだ」

それはそうと——と、五十嵐は箸を手にしたまま、身を乗りだした。

「なあ、俺もちょいと話があるんだが」

「なんだ？　広告料の値上げか？」

孝冬の会社は、五十嵐の勤める新聞社の朝刊に広告を出している。薬だの化粧品だのの新聞広告はどんどん増えており、新聞社にとってその広告料はけっこうな儲けになるのである。

「仕事の話なんか、こんなとこでまでしたかねえよ」と五十嵐は顔をしかめた。「そうじゃなくて、これはおまえさんの分野だと思うからさ。いや、線香のほうじゃない。お祓いのほうだよ」

孝冬は焼き茄子に伸ばしかけた箸をとめる。

「お祓い？　まさか、お祓いを頼みたいとでも言うのか？」

「うん、まあ」

五十嵐は煮え切らない返事をして、頭をかいた。

「俺のとこに幽霊が出るわけじゃないぜ。そういう話があってさ――」


八月も半ばを過ぎると、夜には肌寒いような日も出てくる。鈴子は寝室の窓辺で本を読んでいたが、窓を開け放っているとどうも冷えるので、閉めようと腰をあげた。外からは鈴虫《すずむし》の音が聞こえてくる。早くも秋の気配がした。その音に被さるように自動車の音が聞こえてきて、鈴子は「あら」とつぶやく。

――おかえりだわ。

孝冬が帰宅したのだろう。部屋を出て、階段をおりる。孝冬からは、今夜は知人と会うので帰りが遅くなると聞かされていたが、わりあい、早い時間に帰ってきた。遅いときは、鈴子がもう寝入ってしまってから帰宅することもある。

玄関では御子柴が孝冬を出迎えていた。由良が孝冬の帽子と上着を抱えている。孝冬は、御子柴になにやら四角い風呂敷包みを手渡してるところだった。

「鈴子さん、起きてらっしゃいましたか」

「まだ八時でございますから。おかえりなさいませ」

近づいた孝冬からは、酒と煙草のにおいがした。孝冬は煙草を吸わないので、相手が吸っていたか、煙草の煙がただよう場所に長くいたのだろう。ときおり、孝冬はこうした煙草のにおいをつけて帰ってくることがある。おなじ相手だろうか。煙草を吸うなら、きっと女性ではないだろう。

ふと、相手をさぐるような考えをしていることに気づいて、鈴子はなんだかいやな心持ちになり、視線を横にずらした。御子柴の持つ風呂敷包みが目に入る。

鈴子の視線を追った孝冬が、

「ああ、これは鈴子さんへのおみやげです」

と笑い、風呂敷包みを御子柴の手からとって、鈴子のほうへさしだす。

「なんだと思います？」

鈴子は包みに顔を近づけた。かすかに甘い果実の香りがする。箱の大きさと時季からすると、メロンだろうか。孝冬の会社のある京橋からみやげに買ってくることのできる高級果物屋といったら、銀座の千疋屋か。

「千疋屋のマスクメロンでございますか」

「すごいな。正解ですよ」

孝冬は上機嫌の笑顔を見せる。子供のようだ。

「まだすこし固いので、食べ頃になるまで置いておきましょう」

そう言って、ふたたび包みを御子柴に預ける。御子柴は恭しく受けとって、台所のほうへと去っていった。由良もいつのまにかいない。

「煙草くさいでしょう、すみません。さきに風呂に入りますよ」

「知人のかたは、煙草をお吸いになるのですね。殿方でございましょうね」

詮索するような言いかたになり、鈴子は口を閉じた。孝冬が目を細める。

「同い年の男ですよ。横浜にいたころからの昔なじみなんです。記者をしてましてね」

「記者……」

そういえば、孝冬は記者の知人がいるとしばしば言っていた。そのひとか。

「では、ご友人でございますね」

「友人と言われると、なんだか奇妙な感じがするんですよ。腐れ縁というか、やはり昔なじみと呼ぶのがしっくりきます」

鈴子はすこし首をかしげた。それはもう友人でいいのではないか、と思うが、よくわからない。

「そういうわけで、会っていたのは男です。私は鈴子さんに黙ってご婦人に会いはしませんよ」

「それは――」鈴子は視線をさまよわせる。「わたしが口出しをすべきことではございません。お仕事で会わねばならぬこともございましょう。ご自由になさってください」

孝冬はがっかりしたような、さびしそうな顔をする。

「私としては、仕事でもご婦人に会うのはいやだと言われるほうがうれしいのですが」

「前に、『いや』だと言われるのはいやだとおっしゃっていたわ」

「それとこれとは違うんですよ」

どう違うのかわからない。鈴子はあきれて、「よくわかりませんが、ともかくお風呂に入ってらしたら」とすすめた。孝冬は不服そうにまだなにか言いたげだったが、しぶしぶ風呂場に向かった。鈴子は孝冬の浴衣を用意して脱衣場に置くと、女中に水差しの水を替えてもらい、寝室に運ぶ。そうこうするうち、孝冬は風呂からあがって寝室にやってきた。

「ああ、さっぱりしました」

そう言うとおり、爽やかな表情をしている。煙草のにおいも消えていた。

孝冬は窓辺の椅子に腰をおろし、鈴子も向かいに座る。ここに座るときは、なにかしら話があるときである。

「記者は、五十嵐というんですがね」

切り子のグラスに水をそそぎながら、孝冬は言った。

「私が横浜の家にいたころ、近所に住んでいたんですよ。少々、家庭が複雑で、彼は親の知人の家で育てられていました。私と似たようなものですから、相身互《あいみたが》いといいますか、なにかと助け合うような間柄になりまして」

近所の悪ガキに絡まれそうになったときに助けてもらったこと、お返しに輸入物の菓子をあげたこと、ケンカのやりかたを教えてもらい、代わりに勉強を教えたこと、そんな思い出を語る。

「毎日遊ぶような仲でもありませんでしたし、長い期間、会わないこともありました。私が花菱の家を継いでからは、ことに会う機会が減りました。彼が新聞社に就職して、東京に出てきてからですね、つきあいが再開したのは」

孝冬は水をひと口飲んで、しばし黙る。虫の音に合わせて、どこからか風鈴の音がうらさびしく響く。その音は妙に尾を引いて残った。

「私は彼の新聞社に広告を出していまして、その見返りというわけでもないのですが、なにかと情報をもらっています。彼は耳が早いので助かってるんですよ。鴻氏についても調べてもらっているところです」

「では、今夜お会いになったのも――」

孝冬はうなずいた。「さして目新しい情報はありませんでしたが」

そう言いつつも、今日五十嵐から聞いた話をしてくれる。

「丹羽、というのがおそらく鴻夫人の旧姓だということでございますね」

「聞き覚えはありますか？」

「いいえ」鈴子はかぶりをふる。八千代は鈴子のなにかしらを知っている様子だったのが気にかかっているが、彼女の顔にも旧姓にも覚えがない。

「引きつづき、五十嵐には情報を集めてもらいます。――それとはべつに、頼まれ事があるんですよ」

「頼まれ事？」

どうやら、本題はそちららしい。

「お祓いの頼まれ事です。五十嵐は、とある取材のさなかに幽霊話を耳にしたそうなんですよ」

孝冬はその幽霊話とやらを語りはじめた。

千駄木《せんだぎ》の一角に、一軒のお屋敷がある。こぢんまりとしているが、趣《おもむき》のある一軒家で、持ち主は棚橋武男《たなはしたけお》という退役軍人の老人だった。武男は数ヶ月前に病死しており、いまは後妻の伊登子《いとこ》という婦人と、わずかな使用人とが住んでいる。

その屋敷の障子に、女の影が映るという。座敷から見ると縁側に座っているような影で、外から見ると座敷に座っているような影が、おぼろげに浮かぶ。うなだれた、髷を結った女の横顔で、ほつれた鬢《びん》のひと筋までよく見えるのだという。

影は障子に映るだけで、微動だにせず、ただ座っているだけである。立つことも、障子を開けることもない。時間帯はさまざまだが、しばらくすると消えてしまう。

実害はないが、気味が悪いというので、使用人たちはつぎつぎ辞めていってしまった。武男には前妻とのあいだに息子がひとりいたが、彼もその屋敷を気味悪がって近寄ろうともしない。千駄木の屋敷はもともと武男の隠居住まいであり、息子は住んでいなかったのもあり、さっさと処分したがっているという。とはいえ後妻が住んでいるのでそれもできない。息子は後妻のことも財産目当てに嫁いできたと嫌っている。加えて、後妻の伊登子は妾だったえいという女性も殺したのでは、という悪い噂が立っていた。

えいは武男が贔屓《ひいき》にしていた飲み屋の酌婦だった女性で、半年ほど前に頓死《とんし》している。食あたりが原因だが、毒を飲まされたのでは、と言われていた。

障子に現れる影の女は、このえいだろうとささやかれている。影の現れる障子は、伊登子の部屋のものだからだ。ほかの座敷の障子には現れないという。

えいの死後、武男もあとを追うように死んだ。もともと、武男は持病によって軍を退いており、死因もその病であった。

妾が死に、亭主も死に、あとに残されたのはまだ若い後妻だけ。となると、口さがない連中はとかく後妻を悪く言うものである――というのは、五十嵐の弁だった。

「俺は伊登子さん――その後妻に会ったんだ」

五十嵐はそう語った。

「ちょっくら、記事になりそうな醜聞を追ってるときに、話を聞く機会があってさ。この醜聞てのは、伊登子さんと直接関係のあるもんじゃない、死んだ亭主が一枚嚙んでたんじゃないかっていう賄賂《わいろ》の絡みだ。まあこれも記事にできるような話は出てこなくて、うやむやになったんだが。でも死んだ亭主ってのは、きな臭い男だったよ。おもに賄賂方面で。病気が死因だったなら、持病で退役ってのも事実だったんだろうが、そうでなかったら病気を理由に辞めさせられたと思うところだ」

酒を飲みながら、五十嵐は渋い顔をしていた。

「いっぽうの伊登子さんは、華族の出だよ。没落華族ってやつだ。もとはお公家さんの家柄らしい。それが金に汚い退役軍人の後妻にされてるんだからなあ。どうも、亭主に金を借りてたらしいんだな、伊登子さんの実家は。そのかたに、ってやつだ。なんだかねえ」

五十嵐はため息をつく。孝冬は黙って聞いていた。

「伊登子さんは、いま三十二歳とか言ってたかな。お公家さんの出ならしかたないが、いかにも世間知らずな、おっとりしたひとでね。世間の悪評も耳に入っているだろうに、抗弁するでもなく、あの屋敷でひっそり暮らしてる。幽霊が出るって屋敷でさ」

五十嵐はふたたびため息をつく。孝冬はうっすらと苦笑した。

「その後妻さん――いまは後家さんか、そのひとにずいぶん同情してるんだな」

「いや、そういうわけじゃない」五十嵐は言下に否定したが、ばつの悪そうな顔になった。

「まあ、同情はしてるが……そりゃ、するだろう？　借金のかたにごうつくばりの爺に嫁がされてさ、あげく世間から後ろ指さされてりゃ」

「あいかわらずだな」

五十嵐は昔から、だらしない見た目に反して、弱い者を放っておけないたちである。子供のころ、悪ガキにいじめられそうになっていた孝冬を助けてくれたのも、そういう性格から来ている。

警官にでもなればよかったのに――とも思うが、五十嵐は公権力よりもペンの力を選んだのである。長く記者をつづけるうちに、それなりに世間擦《ず》れもしてきたが、やはり性質というものは変わらない。

「それで、その屋敷の幽霊を祓ってほしいと、そういうわけか？」

「そうだよ」

五十嵐は拗《す》ねたような顔で冷や奴を箸でつつく。

「伊登子さんとやらの了解はとってあるのか？」

「いや。当人には『お祓いをしてもらったらどうか』とすすめたんだが、あいまいな返事しかしなくてな」

「うさんくさかったんだろう。おまえの見てくれで、お祓いしてくれるひとを紹介しますよ、なんて言われてもさ」

「ああ、そうだろうよ。わかってるよ」五十嵐はすっかりへそを曲げてしまう。「おまえが行けば、向こうだって信用するさ。なにせ華族なんだし」

「外面もいいしな」

「俺だって仕事のときはそれなりに愛想がいいんだぜ。髭も剃っていくし。でもまあ、商売人の愛想には敵わねえな」

ともかく頼んだぜ、と五十嵐は話を終わらせて、麦酒をあおった。

「五十嵐さんは、ご親切なかたなのですね」

話を聞き終えて、鈴子は言った。

「お節介とも言いますね」と孝冬は笑う。その笑みは皮肉そうではなく、やさしげだ。五十嵐への信頼が見てとれる。

「なにせ、今回は当事者からの依頼ではありませんので、どうなるかわかりません。門前払いかもしれませんね」

華族の家で育ったなら、花菱男爵についても知っているかもしれないが、信用するかどうかはまたべつだろう。

「おうかがいするだけ、してみればいいのではございませんか。断られたら帰りましょう」

「そうですね」と孝冬は応じる。「影が映るだけで、害もないということですし」

害はなくとも、薄気味悪いと思うものだろうが——実際、それで使用人たちは辞めてしまっているのだから、害がないわけでもない。

「とりあえず訪問してみて、必要ないということなら、道灌山《どうかんやま》にでも寄りましょうか」

屋敷のある千駄木の東には、昔からの景勝地である道灌山がある。東に筑波山《つくばさん》、西に富士山が見えるという高台だ。そういう眺めのいい土地だから、かの岩倉具視《いわくらともみ》の一族が居を構えている。

「日中もいくらか過ごしやすくなりましたしね。向島《むこうじま》まで足を延ばして、百花園《ひゃっかえん》の萩を見に行くのもいいかもしれません」

「そうですね」

向島の百花園は、四季折々の花が有名である。今時分は、萩や桔梗などの秋草が美しい頃合いだろう。うだる暑さのなかでは花を見ようという元気も湧かないが、朝晩に秋の気配を感じるようになると、とたんに花を愛でたい風流な心持ちになるから不思議だ。

ふいに、軽いくしゃみがひとつ出た。

「冷えましたか」

「いえ、大丈夫です」

鈴子はそう答えたが、孝冬が心配してガウンを羽織らせる。

「窓際は冷えますから、こんなところで長々と話しているのがよくなかったですね。今夜は早く寝ましょう」

孝冬は鈴子を急き立て、ベッドに寝かせる。自身がくしゃみをしてもまるで気に留めないくせに、鈴子のこととなると真綿で包むような扱いになる。こういうとき、鈴子は心の表面がくすぐったくなると同時に、心の奥には、ぽっと火が灯ったようなあたたかさを覚えるのだった。

夏の盛りから秋へ移ろう、こうした時季には、もう夏模様の着物ではしっくりこない。かといって、いかにも秋らしい色柄では暑苦しい。

流水の地紋が入ったごく淡い藤色の紗に、薄《すすき》や萩、桔梗を描いた着物を鈴子は選んだ。「それなら帯は虫籠《むしかご》にしましょう」と、タカが虫籠を刺繍した絽の帯を出してくる。羽織は薄灰色から藤色をぼかした紋紗で、蜻蛉《とんぼ》が描かれている。帯留めはやはり彫金の蜻蛉である。着物から小物にいたるまで、淡く儚《はかな》げな色調が涼しげであるとともに、秋風をも感じさせた。

孝冬のスーツは薄灰色を選び、ネクタイには藤鼠《ふじねず》、ネクタイピンとカフスボタンには蜻蛉柄の彫金を合わせた。

車に乗り込み、千駄木に向かう。出発したときはまだ朝の早い時間帯だったが、千駄木まではそれなりの距離があるので、乗っているうちに陽が高くなってゆく。やがてこんもりと木々の茂る高台が見えてきた。その手前には駒込《こまごめ》病院や、多くの寺が建ち並ぶ。大きな屋敷も目についた。

車は坂道を登り、こぢんまりとした屋敷の前でとまる。「ここですかね」と運転手の宇《う》佐見《さみ》が広げた地図とにらめっこして言う。門柱に『棚橋』とあるから、合っているだろう。

鈴子と孝冬は車を降りて、門の前に立つ。格子戸《こうしど》を開けると両側に植栽があり、やや奥まったところに玄関が見えた。木々の影で日差しが遮られ、ほっとする。今回は障子に映る影というから、玄関まで訪れるのは大丈夫だろうと、孝冬もかたわらにいた。

屋敷は静かだった。「ごめんください」と孝冬が声をかけるが、その静けさは揺るがない。もう一度声をかけて、しばらく待つと、「はい、はい、ただいま」という声とともに、ようやく女中が戸を開けた。

現れたまだ年若い女中は、孝冬と鈴子の顔と身なりを遠慮もなく眺めて、ぽかんとした。

「花菱と申しますが、奥様にお取り次ぎを願えますか。五十嵐の紹介だとお伝えいただければ、おわかりになると思います」

孝冬が柔和な笑みと声で言うと、女中はかっと顔を赤くして、「へ……へえ。少々お待ちを」とあわてて奥へと走っていった。

女中相手にも居丈高《いたけだか》に振る舞わないのが彼らしい、と鈴子は思う。たいていのひとは、悪気もなくもっと横柄である。

静かななかに、衣擦《きぬず》れが聞こえてきた。床板のきしむ足音がする。そのひとは、ひっそりと現れた。

「棚橋伊登子でございます」

やってきた婦人は、か細い声でそう名乗った。声とおなじく顔も体もほっそりとして、風が吹いただけで倒れてしまいそうである。息を呑むような美人というのではないが、伏し目がちにうつむいた瓜実顔《うりざねがお》とさがった眉尻、薄い唇がいかにも幸薄そうで、思わず手を差し伸べたくなる風情があった。

濃紺地に白い絣柄の地味な麻の着物に、これまた地味な薄茶の帯を締めている。高価なものでないのはすぐわかる。とても金目当ての後妻というような出で立ちではない。身なりや佇《たたず》まいからは、五十嵐の言っていたような気の毒な女性という感じを鈴子は受けた。

「花菱男爵でございますね。五十嵐様からお話は聞いております」

淡々と、消え入りそうな声で伊登子は言う。

「ですが、お祓いはけっこうでございます。たいへん失礼かとは存じますが、お引き取りくださいませ」

うつむいたままではあったが、意外なほどにきっぱりと、たしかにそう言った。

孝冬は鈴子に視線を向ける。どうしましょうか、とその目が言っていた。

「……お困りではないのですね？」

鈴子が声をかけると、伊登子がはっとしたように顔をあげた。まるで鈴子がものを言うとは思ってもみなかったような表情だった。

「お困りのことがあれば、お助けしたいと思っております。そうでないのであれば、帰ります」

再度、ゆっくりと語りかけると、伊登子はうろたえた様子でうつむき、しかしやはりきっぱりと、「困ってはおりません」と答えた。

「承知しました」と鈴子はうなずく。「それでは、わたしどもは帰りますが、なにかお困り事が生じましたら、お知らせくださいませ」

鈴子は孝冬に目配せする。彼は心得た様子で玄関の戸を開けた。伊登子は頭をさげて、それきりあげなかった。

「驚くほどはっきり断られましたね」

車に乗り込み、向島の百花園に向かうよう宇佐見に告げたあと、孝冬は鈴子に言った。

「そうですね」

佇まいや五十嵐の話からして、断るにしてももっとあいまいに言うかと思っていた。

「むしろ、祓ってもらっては困るかのような様子にも思えました」

鈴子の言葉に、孝冬もうなずく。

「まあ、断られたらこちらとしても手の出しようがないので、しかたありませんね。五十嵐にはそのまま伝えます」

「心配なさるでしょうね」

「とはいえ、どうにもしようがありませんからね」

車は坂をくだり、谷中《やなか》の寺町のなかを走ってゆく。道灌山が左手に見えたが、すぐに遠ざかる。空はすっきりと晴れて、陽光が降りそそいでいる。今日も日中は暑くなりそうだった。

ふたたび棚橋家の話を聞いたのは、それから数日後のことである。

帰宅した孝冬が、

「今日、五十嵐が会社のほうに来ましてね」

と、ネクタイを外しながら言った。部屋着の薩摩《さつま》絣を用意していた鈴子は、手をとめてふり返る。

「棚橋さんのお宅の件でございますか？」

「そうそう、あいかわらず察しがいいですね。そのとおりです。あれからも五十嵐は気にかけていたようで」

「なにか悪いことでも起きましたか」

「悪いこと……ではないのかな」シャツを脱ぎ、着物を羽織りながら、孝冬は首をかしげる。次いで彼が口にしたことは、鈴子にも思いがけないことだった。

「鴻夫人が訪問しているそうなんですよ」

え、と思わず声がこぼれる。八千代の姿が脳裏に浮かんだ。

「なぜ……」

「なぜでしょうね。どこから聞きつけたのか知りませんが、伊登子さんの話し相手になっているそうです」

「話し相手？」

孝冬はうなずく。「そう。話し相手です。伊登子さんも、鴻夫人のことは受け入れているそうですよ」

「そうですか……」

いいことなのだろうか。相談相手がいるということなのだから。

「五十嵐からまたなにか情報があれば、お知らせしますよ。――明日は、箕田《みのだ》伯爵邸へお出かけなのでしたか」

帯を締め、孝冬は鈴子に向き直る。

「はい。感化救済事業のお話があるそうでございます」

「寄付ならしますが、どういったものかあとで聞かせてください。妙な事業もありますのでね」

花菱家には、日々、寄付だの出資だのの請願が届く。そういった手紙に目を通し、寄付を決めたり返事を書いたり、あるいは無視したりと捌《さば》いているのは鈴子である。以前は御子柴が選別したうえで、孝冬が処理していたのを引き受けている形だ。

加えて、華族や実業家などから茶会、園遊会、夜会といった様々な催しの誘いも届く。文化人を多く招いて、サロンを形成している夫人からの誘いもあった。

社交もおろそかにするわけにはいかないので、夫人の茶会であれば鈴子が出向く。園遊会や夜会は孝冬の都合がつけば夫婦で参加するが、基本的に彼は忙しいので、こちらは重要なものでないかぎり、ほとんど赴くことはない。

こうした面倒が多いのは、華族、実業家の定めである。

感化救済事業は、つまりは慈善事業のことだ。そうした事業への寄付もよく頼まれることであった。箕田伯爵夫人は、慈善活動に力をいれている夫人であり、彼女のもとではたびたび出資を募る会が催されていた。

「学校を設立したいといった話のようですけれど」

「あくどい事業者だと、そう言って金を集めておいて雲隠れすることもありますから」

鈴子はうなずき、

「父がよく騙《だま》されております」

さらりと言うと、孝冬はどういう返答をすればいいのか困った顔で、苦笑いした。

「わたしは必ずあなたに相談するようにいたしますので、ご心配なさらずにいてくださいませ」

「それは心配してませんよ。べつの心配はしてますが」

鈴子は孝冬を見あげた。言葉どおり、孝冬は心配そうな目で鈴子を見ている。

「松印の華族について調べようと、変にさぐりを入れようとなさるのではと」

「無理はいたしません」

「鈴子さん……」

「不自然に会話を誘導したり、唐突に質問したり、そんな下手《へた》な真似はいたしません。ただ、もし明日いらっしゃったご夫人がたのなかに、松印のかたをお身内に持つかたがいらっしゃったら、ごあいさつくらいはしようかと思います。せっかくあなたが調べてくださったのですから、機会を無駄にはしたくありません」

孝冬は仕事を利用して、松印の人物をすでに何名も調べて一覧にしてくれている。地道に調べてゆくのは骨が折れるが、やらないよりましだろう。

「私も一緒に参加できればいいのですが……」

孝冬はまだ不安そうな顔をしている。

「今回は、夫人だけの集まりですから。そのぶん、危険なこともないでしょう。わたしも弁《わきま》えておりますので、大丈夫です。もしなにかあれば、あなたにだって危険が及ぶのですから、下手な真似はできません」

大丈夫です、と鈴子はくり返した。孝冬はすこし笑い、鈴子の肩に手を置いた。

「ほんとうに、無理はしないでくださいよ。タカと由良をつれていって、おひとりにはならないでください。あとでふたりに確認しますからね、あなたがどう行動なさっていたか」

お目付役がふたり。ティーカップのあげおろしにも気を遣いそうだ、と鈴子は思った。


翌日の昼下がり、鈴子は余所行きに着替えて花菱邸を出た。

装いには気をつけた。慈善事業に関する集まりだけに、華美になってはいけないが、主催の伯爵夫人に失礼にあたる格好になってもいけない。色合いを抑えた、地味だが品のいい装いがふさわしい。したがって、銀通しの黒い絽地に萩の絵柄が控えめに描かれた着物に、水浅葱《みずあさぎ》の紗に秋草の刺繡を施した可憐さのある帯、三つ紋の入った甕覗《かめのぞ》き色のぼかしの羽織を合わせた。帯留めは彫金の虫籠だ。

音羽《おとわ》にある伯爵邸に着くと、ダンスホールのような広々とした部屋へ案内される。そこにたくさんの椅子が整然と並べてあり、茶会のような設《しつら》えではなかった。どうやら慈善活動家の説明を傾聴するという形らしい。御付の者にも後方に席が用意されており、タカと由良は使用人の案内でそちらに座った。

招待客用に用意された椅子には、すでに数名の夫人が腰を落ち着け、隣同士でおしゃべりに勤しんでいる。知り合い同士で固まって座っているようで、割り込む隙がない。いずれも鈴子よりずっと年上の夫人たちである。鈴子が案内されてくると、さりげなく一瞥《いちべつ》を投げかけただけで、すぐもとのおしゃべりに戻った。しかたなく端の席に腰をおろそうとすると、「あら、鈴子さんじゃありませんか」とやわらかい声がかかった。はっとする。

顔を向けると、八千代がほほえんでいた。八千代は席を立って、鈴子の隣へ移ってくる。

――どうして、ここに。

無意識のうちに、身構えていた。

「まさか、今日お会いできるなんて……。慈善事業にご興味がおあり？」

身を固くしている鈴子に構うことなく、八千代はにこにこと話しかけてくる。

「……お招きいただいたので……」

「あら、そう。でも、いらっしゃるのはいいことです。まずは知ることが大事ですものね」

鈴子は気を取り直し、背筋を伸ばす。

「鴻さんは、どうしてこちらに？」

「八千代とお呼びくださってけっこうですよ。わたくしはね、今日お話しをなさる先生のほうと懇意にしておりますの」

「慈善活動家という――」

「ええ、そう」八千代はその先生とやらの名前を挙げたが、鈴子は聞き覚えがなかった。

「鴻さんとご懇意というと、鴻心霊学会の関係者ということでございますか」

「あら、察しがいいのね。そうなの」

八千代はにこやかに、まるで鈴子と同年代の小娘のような無邪気な口調で言った。

「ご高名な学者先生なんですよ。鴻心霊学会の機関誌にもご寄稿なさっていらして――あ、よろしければお送りします。ぜひお読みになって」

断ろうと思ったが、鴻心霊学会や燈火教のことがわかるかもしれない、と思い直す。

「ありがとうございます。では、お送りくださいませ」

「まあ、うれしい。そういえば、男爵と鈴子さん、あなたがた、千駄木の棚橋さんのお宅へいらしたのですって？　わたくしね――」

言いかけたところで、八千代は口を閉じた。広間に主催者の伯爵夫人が入ってきたのである。女性では上流階級でもまだめずらしい、洋装であった。

「皆様、本日はお集まりくださって、ありがとうございます」

おっとりとした上品な口上のあと、紋付袴《もんつきはかま》の中年男性がやってくる。髭を生やした、しかつめらしい顔をしている。華やかな華族夫人の集まるなかには、ひどく不釣り合いだった。

「あとでお話ししましょう」

八千代はひっそりとささやいた。鈴子は八千代の話が気になり、学者先生とやらの事業説明をともすれば聞き漏らしそうになる。「感化救済は持続性のある合理的な計画に基づかねばならぬ」だとか「流行り物のように一時的な喜捨を与えるだけでは不十分」だとか、言っていることはためになるのだが、どうにも語り口が退屈で、あくびを嚙み殺しているふうの夫人が多かった。なんにせよ、鴻心霊学会が嚙んでいる事業なら、距離を置いたほうがいいかもしれない。鈴子はそんなことを考えつつ説明を聞き終えた。これで終わりかと思いきや、伯爵夫人は参加者にお茶の用意をしていた。

別室に案内され、お茶菓子をふるまわれる。鈴子の隣には、当然のように八千代が陣取った。夫人がたは仲のいい者たちで固まって座ってしまい、ふたりのいるテーブルには、ほかに誰も座る者がいない。幸いというか残念というべきか、今回の集まりに、松印関係の華族夫人はいなかった。

三段に重なった皿のうえに、さまざまな焼き菓子が並んでいる。サンドウィッチもある。飾り切りした果物もある。お茶はかぐわしい紅茶で、英国製だというティーセットは美しい。八千代は胡瓜《きゅうり》のサンドウィッチを口に運ぶ。ひとくちサイズに切ったサンドウィッチだ。

「まあ、おいしい。鈴子さん、ほら、お召しあがりになって」

ぱあっと顔を輝かせて八千代がすすめるので、鈴子もサンドウィッチを口に入れた。薄いパンはやわらかく、かつほんのり甘く、内側にはバターと辛子が塗ってあるようで、それが胡瓜と非常に相性がよかった。

「おいしい」

と思わず洩らすと、八千代はうれしそうに笑った。

甘酸っぱい木苺《きいちご》のジャムがのったタルトも、さっくりとしたバタークッキーも、どれもおいしかった。紅茶にはミルクと砂糖をたっぷり入れて飲む。これも甘くておいしい。

お茶菓子をじゅうぶんに堪能する鈴子を眺めて、八千代はにこにこしていた。

「わたくしはねえ、お若いかたがたくさんおいしいものを召しあがって、幸せそうにしているのを見るのが好きなの。わたくし自身はもう歳ですからね、残念だけど、そうたくさんは食べられなくて」

八千代のおしゃべりというのは、邪魔にならない。穏やかで、心地のいい声をしている。話しかたも品よく、嫌味がない。これは彼女の長所であろう。

聞きながら、鈴子は八千代の表情をうかがう。まなざし、眉の動き、口の動き。どう見ても、良家のひとのいい老婦人でしかない。裏がありそうには見えない。

「あなたは――」

鈴子は出し抜けに訊いてみた。「わたしを以前からご存じだったのですか？」

八千代はつと口を閉じ、笑みを浮かべた顔のまま、鈴子を眺めた。それから、さびしげにかぶりをふった。

「わたくしの古い友人がね、どこかあなたに似ていたものですから、つい、あなたに重ねてしまうの。いけないわね。あなたとは別人なのに」

「それは……そのかたは、どういったかたなのですか」

「故郷の友人ですよ。もうとうに亡くなっているわ」

「あなたの故郷というのは――」

八千代はにこりとほほえんだ。

「西のほう。あなたはご存じないところでしょうね。瀬戸内《せとうち》の島なんですよ。ずいぶん遠いでしょう」

「……淡路島ですか？」

「あら、いいえ。そういえば、花菱家の本拠は淡路島でしたわね。でも、瀬戸内には島がたくさんあるんですよ」

——淡路島ではないのか。

いや、嘘をついてなければ、だが。そんなところで嘘をつく必要もないか。それならはなから瀬戸内の島などと言わねばいいのだから。

頭のなかでぐるぐると考える。つかめない。八千代の本心が。

「そうだわ」と八千代は思い出したように胸の前で手を合わせる。「伊登子さんの話をしようと思っていたのだわ。棚橋伊登子さん。お会いになったでしょう？」

「はい」と鈴子はうなずく。八千代がなにを考えているのかわからないが、ひとまず調子を合わせるしかない、と思った。しゃべらせるのがいいだろう。

「伊登子さんはね、お気の毒なかたなんですよ。親の借金のために後妻に入ったようなものので、あんまりでしょう、ねえ。親なら大事な娘を何不自由ない嫁ぎ先にと思うのが本来でしょうに、伊登子さんのご実家はあべこべ。親の生活のために娘を高利貸しのもとへやるんですからねえ……そう、高利貸しをなさってたの、ご主人は。軍を退役したあとね。

それも前妻とのあいだに息子がいるんですよ、伊登子さんより年上の息子が。息子さんは伊登子さんを財産目当てに嫁いだと嫌っているんですよ。おかわいそうに、伊登子さん。借財の清算と財産目当てに嫁がせたのは、彼女のご両親ですよ。どうしてですかしらね、ご実家は、さる由緒ある公家華族でらしてね――」

八千代はとうとうとしゃべる。ゆるやかに流れる小川のような口調なので、聞いていてすこしもいやにならない。おなじ内容をべつのひとから聞かされたら、きっとうんざりしただろう。

――とはいえ、放っておくと話がどんどん広がってしまいそうだ。

鈴子は紅茶をひと口飲み、ティーカップをおろした。

「それで、障子に映る影というのは、どのようなものなのでございましょう」

「ああ、幽霊のお話ね。あなたがたは、その幽霊を祓うために訪問なさったのですって？でも、伊登子さんはそれをお望みではないのよ。お聞きになったでしょう？」

「ええ。お祓いはけっこうだと」

八千代は何度もうなずく。

「そうなんですよ。わたくしも見ましたけれど、あれはそう悪いものではございませんよ」

さらりと言った八千代に、鈴子は木苺のタルトに伸ばしかけた手をとめた。

「見たとは――障子の影を、でございますか」

「そうですよ。伊登子さんのお部屋でお話をしておりましたらね、こう、ふいに一枚の障子に影が映ったんです。ご婦人が座っているような格好でした。うなだれた横顔が、なんだかとってもさびしそうで……」

八千代は思い出すように遠くを見やり、ため息をついた。

「しばらくしたら、消えてしまいました。それだけなんですよ。あれはなにも悪いことをしません。伊登子さんが必要ないとおっしゃるのでしたら、放っておいてかまわないと思いますよ」

鈴子はタルトを皿にとり、つやつやとした赤いジャムを見つめる。

「なぜ、伊登子さんはお祓いを拒むのでしょう？　なにもしないとはいえ、気味が悪いとはお思いにならないのでしょうか。現に使用人は何人も辞めてしまったと聞いております。不自由なさっておいででは」

八千代はほほえんだ。

「さあ、理由はわたくしにも話してはくれません。強いて聞かずとも、ご本人がそうおっしゃるなら、それでいいのではございませんか。たしかに使用人がすくなくて不便もあるようですが、そう広いお屋敷でもございませんし、伊登子さんおひとりでございますから、それなりに暮らせているようでございます」

――それはもっともなのだが……。

このまま放っておいて、ほんとうにいいのだろうか。

鈴子は八千代に向き直り、その目を見すえた。

「あなたは、どうして伊登子さんのもとへお通いになるのですか？　どうやって伊登子さんとお知り合いに？」

八千代の顔には年相応に皺もしみもあったが、白い絹のようなしっとりとした肌で、目は澄んで美しい。寛容さとやわらかさを感じるまなざしだった。

「実はね、さる筋から以前、お話を聞いたことがありましてね。伊登子さんのこと……。あまりお幸せではないと。前々から案じておりましたの。そうしましたら、先日、伊登子さんがわたくしどもの集まりにいらして――」

「あなたがたの集まり？」

鈴子が首をかしげると、八千代はほほえんだ。

「今日の集まりは感化救済ですけれど、わたくし――といいますか、鴻も含めて、わたくしどもはほかにもいろんな慈善事業の手助けをしておりますの。貧しいひとや病気のひと、孤児に元受刑者、それから元娼妓……救世軍ほどではございませんけれど、わたくしどもも廃業した娼妓の世話をしておりますし、娼妓にとどまらず、家出した少女や不良少女といった若い娘さんも保護しております」

救世軍はキリスト教の一派で、各国で伝道および慈善活動を行っている。この国で有名なのは、娼妓の自由廃業運動だろう。遊廓の制度を批判し、娼妓の廃業を助けている。「婦人ホーム」という施設にそうした女性たちを引き取り、労働訓練をしたりもしているという。

「それだけでなく、哀れなご婦人がたにはどなたにも手を差し伸べております」

「哀れなご婦人……？」

「不幸な結婚をなさったかた、虐げられているかた、さまざまな苦境に喘ぐご婦人がおられます。そういったかたの、いわば駆け込み寺でございますね。その集まりを定期的に開いておりまして、そこに伊登子さんがいらしたのです」

「ということは、伊登子さんもなにかに苦しんでらっしゃるのですか」

「伊登子さんも不幸な結婚をなさいました。いま現在そうでなくとも、おつらい気持ちはずっと残るものです。そのつらさに耐えかねて、わたくしどもに助けをお求めになったのですよ」

それで、八千代はたびたび伊登子のもとを訪れ、話をしているという。

「そんなたいそうな話をするわけではございません。説諭するわけでもございませんし、たわいもない世間話でございます。それで気が晴れればと」

鈴子は八千代の表情をうかがう。「燈火教の教えを説いたり、入信をすすめたりは、なさらないのですか」

唐突で不躾《ぶしつけ》な問いにもかかわらず、八千代はうろたえもしなければ、怒りもしなかった。

「しません。燈火教へ入信させる活動の一環だとお思いなのですね。それは誤解でございます。わたくしの活動は鴻心霊学会のもと、あるいはわたくし個人の活動でございますから」

鈴子はけげんに思う。その主張はおかしい。

「鴻心霊学会は、母体が燈火教だとお聞きしましたが」

「いちおう、まだそのようになっておりますが――」

八千代は困った顔で小首をかしげた。

「実のところ、主人は鴻心霊学会を燈火教とは切り離すつもりでおりますの」

鈴子は思わず目をみはっていた。

――どういうことかしら。

「いきなりこんな内情をお話しするのも、どうかと思うのですけれど……」

八千代は頰に手をあて、憂い顔になる。

「わたくしはね、ずいぶん前から燈火教とは袂を分かっているのですよ。それで、主人もあちらとは距離を置いております。なぜかといったら、方針の違いと申しますか……直《ちょく》截《せつ》に申しあげれば、このところのあちらのやりかたには、賛同できかねるのでございます」

八千代の眉間に、苦悩するような皺が刻まれる。

「やりかた……とおっしゃると、どのような？」

「入信への誘いかたですとか、入信後の信者への扱いですとか……そのようなところが、どうにもわたくしには受け入れがたいのでございます」

鈴子は、すくなからず驚いていた。これは思ってもみなかった話である。

――鴻夫妻は、燈火教と決裂している。

事実だろうか。事実だとしたら、どう考えればいいのだろう。

「信じにくいお話かもしれませんが、わたくしは、ほんとうに伊登子さんをただ案じているだけなのです。哀れな婦人をひとりでも助けたいと、そう思っております」

八千代はティーカップに手を添え、乳白色を帯びた紅茶を見つめている。

「わたくしは、いまの主人とは再婚なのでございます」

ふいに八千代は、そんなことを言った。鈴子は戸惑う。

「再婚……そうでしたか」

再嫁した話は八千代くらいの世代のひとでもときおり聞くので、昔からそうめずらしいことでもないのだろう。

「わたくしの初婚の相手は、ひどい酒乱でございましてね。運よく離縁することが叶いました。ですから、おなじように苦しんでいる婦人を見ますと、どうにかして逃がしてやりたく思うのですよ」

八千代の横顔に、薄暗い翳がさした。穏やかな瞳のなかに、嵐のような激しさが一瞬、浮かんで消えた。

――この言葉は、嘘ではない。

鈴子にはそう思えた。

「みっともない話をしてしまいました。ご放念くださいませ」

八千代は鈴子に顔を向け、平素のようなおっとりした笑みを見せた。いくらか、羞恥も垣間見えた。

鈴子は黙ってうなずく。八千代は安心したようにまた笑い、紅茶に口をつけた。

——わからない。

この目の前の老婦人を、信用してもいいのか、どうか。

「そうだわ、鈴子さん」

ふいに八千代は、いかにもいいことを思いついたように手をたたいた。

「あなたも一緒に来てくださらない？」

「え？　どこへ……」

「伊登子さんのところですよ。きっとあなたのようにお若いかたがいらしたほうが、伊登子さんも会話がはずむでしょう。やはりわたくしですとね、どうしても年寄りくさい話になってしまいますもの。最近の流行り物もわかりませんし」

「はあ……」鈴子と伊登子とて、歳が離れている。話が合うとは限らない。

——でも、障子の幽霊は気になる。

鈴子は思案したすえ、

「わかりました。一度、主人に相談してみます」

と答えた。

八千代はなにを思ったのか、憐れむようなまなざしを向けた。

「あなたご自身のことですよ、相談する必要がありまして？　おひとりでお決めになることを、花菱男爵はお許しにはなりませんの？　あのかたは進歩的なかただと思っておりましたのに」

鈴子は八千代の目を見返す。

「わたしの意思で決めることと、相談することは、どちらも大事なことだと思っております。わたしがどうするか自分で決めることと、自分勝手に行動することは違いますし、相談するのは、相手に決断を委ねるためではございません」

八千代はすこし首をかしげた。

「ご気分を悪くされたのでしたら、お許しになって。誓って、花菱男爵を侮辱したのではございませんの」

そう言って、目を細める。

「よいご夫妻ですこと。すばらしいわ」

鈴子は戸惑う。

千里眼少女として名を馳《は》せた鈴子にも、八千代をどう捉えていいのか、わからなかった。

*

多幡清充はその日、午後五時きっかりに仕事を終え、社屋を出た。

鴻心霊学会出版部は白煉瓦《れんが》造り三階建ての建物の二階にある。三越や帝国ホテルほどの壮麗さはないが、洒落《しやれ》た西洋風の社屋である。一階は鴻の経営する商社の事務所があり、三階は倉庫だった。さまざまな事業を行っている鴻がここを訪れるのは週に一回程度で、それでも多いほうらしい。清充から見た鴻は、その経営手腕からすると拍子抜けするほど、おおらかな好々爺《こうこうや》である。たびたび甘い菓子を手みやげに現れては、清充の仕事ぶりを褒めてくれる。まるで孫に会いにくる祖父のようだった。

今日も鴻は饅頭《まんじゆう》をみやげにやってきて、「家内が迷惑をかけて、すまないね」と謝った。清充はときおり、八千代に乞われてお供をすることがある。案内のためであるときもあれば、たんに買い物の荷物持ちを務めるときもあった。鴻家にはじゅうぶんな使用人がいると思うが、八千代は清充のほうが頼りになると言う。お供は苦ではなかったし、純粋に頼られるのがうれしくもあり、雇い主の夫人に気に入られていることへの優越感も正直あった。

「私用で迷惑をかけるんじゃないと私も家内に注意しているが、君も断ってくれていいのだからね」

「いえ、奥様のお供はちっとも迷惑ではありませんので」

そう答えたのは本心である。八千代のお供をするとおいしい料理をご馳走《ちそう》してもらえる。当初はけっこうな金額の手当てをもらっていたのだが、さすがにお供をする程度で日当をもらうことに気が差して断ると、ではご馳走させて頂戴、となった。

それに、八千代はなにも気まぐれな買い物や遊興に出かけるのではない。奉仕活動のためや、孤児へのみやげ物を買うためだったりするのだ。お供をすると、勉強にもなった。

「多幡くんがいてくれて、助かるよ」

鴻にもそう言われて、清充は上機嫌だった。その気分のまま退勤して、近場で蕎麦《そば》でも食べて帰ろうか、と飲食店の多くひしめく通りを歩いていた。仕事の終わる時間帯だけに、帰宅を急ぐひとや、一杯ひっかけようと店を覗き込んでいるひとで混雑している。夕陽があたりを橙《だいだい》色に染めていた。昼日中の暑さは去っているものの、まだ気温は高く、まぶしい夕陽のせいもあって汗が噴き出てくる。麦酒が飲みたくなった。蕎麦に天ぷらもつけよう。冷えた麦酒に、からりと揚がったかき揚げを思い浮かべて、清充は足を速めた。

つと、その足をとめる。

——あれ。あそこにいるのは……。

通りを歩く男を見つける。べつの男と連れ立って、談笑していた。

——花菱男爵だ。

遠目にもわかる、際立った容貌。見間違えようもない。すらりとした長身で、上質そうな麻の三つ揃いを着こなしている。彫りの深い顔立ちに、涼しげな目もとは品と艶《つや》が同居しており、清充でも見惚れてしまうほどだった。隣に鈴子がいれば完璧だ。楚々《そそ》とした外見ながら、意志の強いまなざしと背筋の伸びた鈴子の姿は凛として、風格さえある。孝冬と並ぶと、まるで女王とその王配のように見えた。

しかし、いま彼の隣にいるのは、むさくるしい男だった。見たことがないうえ、華族が連れ立って歩くに似合いの人物とも思えない。無精髭が生え、髪はぼさぼさで、服装もだらしない。図体が大きく、いかにも腕っ節が強そうだ。破落戸《ごろつき》とまではいかないが、堅い職業に就いている者にも見えなかった。

——妙な輩《やから》と付き合いがあるんだな。

清充の胸中に不安がよぎる。もしや、よからぬ商売に手を出しているのではあるまいか。脳裏に浮かんだのは鈴子である。彼女が困るような事態になるのはいやだった。清充は鈴子に好意を抱いている——もちろん、それは恋慕という意味ではない。清充は人倫にもとる恋情には生理的な嫌悪を抱くたちである。鈴子の人柄に好感を持っているのだ。

孝冬とつれの男は人波の向こうへ去ってゆく。清充は思わずあとを追いかけていた。ふたりが向かうのは南西のほうだ。新橋か烏森《からすもり》あたりの花街《かがい》にでも行くのだろうか。

距離が離れているので、駆け足になる。噴き出る汗をハンカチで拭きつつ、清充はふたりを追った。幸い、ふたりとも上背があり、とくに孝冬は目立つので、見失う恐れはない。そう思っていると、通りの角を折れて、路地に入ってしまった。薄暗い、安酒を出す居酒屋の並ぶ細い路地だ。あわてて追いかける。清充が路地に入ると、ふたりは——。

目の前にいた。

「わっ」

驚いてあとずさり、尻餅をつきそうになったのを、「おっと」と孝冬が腕をつかんで支えた。

「なんだ、多幡さんじゃありませんか」

孝冬は意外そうな顔で清充を見おろす。隣の男が「知り合いか？」と孝冬に訊いた。間近に見ると、いっそうだらしがなく、かつ怖そうに見えた。

「元華族だよ。知らないか、多幡子爵家。大名家だった」

「聞いたことがあるような、ないような。俺はあんまり華族に詳しかねえんだよ」

男はぼさぼさの頭をかいている。孝冬は清充の腕をつかんだままだ。存外に強い力でつかまれており、ふりほどけない。

「で、その元子爵が、なんの用だよ？」

男にじろりとにらまれる。清充は首をすくめた。孝冬はうっすらと笑みを浮かべて、清充の顔を覗き込んだ。

「私たちを追いかけていたでしょう？　下手な尾行なんてするものじゃありませんよ。危ない輩だったら、どんな目に遭《あ》うかわからない」

「あ――危ない輩ではないんですか、その、そっちのひとは」

清充は男をちらと見る。「なんだと？」と男は顔をしかめた。

「脅かすなよ、五十嵐。そんなだから破落戸と間違われるんだ。――多幡さん、彼は五十嵐といって、記者ですよ。れっきとした新聞記者。危ない輩ではありません」

「記者？」

清充はぽかんとする。

――記者。新聞記者。

そう言われれば、そんな風体にも見える。いささか、だらしなさが勝るが。

「おまえはもうすこし、しゃきっとした格好をしろよ。うさんくさすぎる。それでよく取材なんてできるな」

「取材のときはしゃきっとした格好をしてるんだよ。ふだんからやってたら金が足りん。おまえと違って、こちとら服にかけられる金は限られてるんだ」

清充はふたりを交互に眺める。ずいぶん気安い仲のようだ。察した孝冬が、「彼とは古い付き合いなんですよ」と言った。

「そうでしたか……、勘違いして、失礼しました。僕はてっきり、花菱男爵がいかがわしい商売にでも手を出したのかと思いまして」

ははは、と孝冬は笑う。「それでわざわざ、追いかけてきたんですか？」

だって、と清充は言い訳がましく言った。

「もしそんなことがあったら、男爵夫人がご苦労なさるじゃありませんか。それは見過ごせません」

「おや、私の心配じゃなく、鈴子さんを心配してのことでしたか」

「そりゃあ、あなたがなにをしようとそれでどうなろうと、僕には関係ありませんから」

そう言うと、五十嵐がおかしそうに噴き出した。

「嫌われてるなあ、孝冬」

「そういうわけでは――」清充はあわてる。孝冬を嫌っているわけではない。失礼な男だと思ったことはあるが。

「多幡さん」孝冬は清充の腕をまだつかんだままだ。「私たちはこれから、飲みに行くところだったんですよ。よろしければご一緒しませんか？」

よろしければ、というが、孝冬は腕を離そうとしないし、目にも拒否を許さないような光がある。

「いいのか？」と五十嵐が問う。

「ちょっと彼にも訊きたいことがあるんだよ」と孝冬は答える。

——なんだ、訊きたいことって。

と思ったが、孝冬の彫像のような顔に見すえられると、清充はただ黙ってうなずくことしかできなかった。


記者だというその男は、五十嵐睦巳《むつみ》と名乗った。しかし睦巳という名前は嫌いなので呼ぶなと言う。

清充は孝冬と五十嵐に小さな居酒屋へとつれてこられた。店員には、変な取り合わせに見えただろう。あきらかに上流階級の孝冬に、勤め人らしい姿の清充、得体の知れない風体の五十嵐。

奥まった席につき、三人の前には麦酒が運ばれてくる。五十嵐が適当に料理を注文した。

「あんた、食えないもんとかあるか？」と訊かれたので、「いえ、ありません」と答えた。

「多幡さん、そう固くならずとも大丈夫ですよ。この男はだらしないだけで、怖くはありませんから」

「おまえの基準でだらしないかそうでないかを決めるなよ。俺みたいなのは下町じゃふつうだぜ。なあ？」

同意を求められても、清充は返答に困る。

「おまえは下町の出じゃないだろうに」

孝冬の言葉に、清充は「え、そうなんですか？」と思わず言ってしまう。

「下町ってことでいいんだよ、めんどくせえ」

五十嵐は麦酒をあおり、煙草に火をつけた。考えてみればふたりが古い付き合いというなら、孝冬とおなじような上流階級の出身であってておかしくないのだ。

――とてもそうは見えないが。

そう思い、いけない、と自分を戒《いまし》める。ひとを見かけで判断してはいけない。鴻や八千代なら、五十嵐に対して清充のような態度はとらないだろう。清充は彼をはなからいかがわしい人物だと決めてかかっていた。まずはそれを謝るべきである。

「あの、あやしいひとだと疑って、たいへん申し訳ありませんでした」

清充は頭をさげた。

「よく知りもせず、とても失礼な真似をしました」

頭を戻すと、眼鏡がずれたので、あわてて指で直す。五十嵐は煙草をくわえたまま、目を丸くしていた。

「孝冬の友人にしちゃ、純なひとだなあ、あんた」

そう言って、快活に笑う。笑顔になるとやさしげな、やわらかい雰囲気になる。ふところの深い、鷹揚さを感じさせる笑みで、ある種の品があった。なるほど、孝冬と同類の、裕福で由緒ある家の出なのかもしれぬと思わせる。

「友人ではないよ。知り合いだ」

孝冬がさりげなく訂正する。清充もうなずいた。

「友人ではないです」

「気が合ってるじゃねえか」と五十嵐はあきれたように苦笑した。

料理が運ばれてきて、会話が中断する。鰺の塩焼きに、鱚《きす》の天ぷら、鶏肉の照り焼き、南瓜《かぼちゃ》の煮物など、さまざまな皿が並ぶなか、かき揚げもあって清充の目が輝いた。

「かき揚げがお好きなんですか」

箸をとりながら、孝冬がさして興味もなさそうに訊いてくる。

「好きですし、今日まさに食べたいと思ってたんです」

清充はさっそくかき揚げに箸を伸ばし、口に運ぶ。さくっとした歯触りの衣に、玉葱《たまねぎ》、にんじん、海老《えび》が包まれている。揚げ具合は申し分なく、野菜も海老もそれぞれおいしい。小さな居酒屋でどんな料理が出てくるかと心配していたが、杞憂《きゆう》だった。至福のひとときである。

「おいしそうに食べるなあ。そんなに腹減ってたのか？」

五十嵐が笑ういっぽうで、孝冬は清充のほうをうかがうように見ている。

「……多幡さんは、お仕事帰りだったのですか？」

「え？　ええ、はい。そうですよ」

清充は答えつつも、意識はかき揚げに向いている。

「そういえば、鴻心霊学会の出版部は、京橋にあるのでしたね」

「そうです。銀座近くの、白煉瓦の建物で」

「ああ、わかりますよ。三階建ての。今日はそこから出てきて、偶然われわれを見つけたわけですか？」

「はい、そうです。蕎麦屋に行こうと思って。歩いてたら喉が渇いたので、麦酒を飲みたくなったのと、それならかき揚げも食べたいなあなんて思っていたら、あなたの姿を見かけて」

問われるがまま答えていると、五十嵐が苦笑いしているのが目に入った。孝冬は思案するような、困ったような、そんな顔をしている。

「孝冬、この坊っちゃんに裏はないだろ。このまんま、ぼうっと生きてるやつだよ」なんとなく馬鹿にされたような気がして、むっとする。それが顔に出たのか、五十嵐は「いや、すまんすまん」と謝った。とても謝罪には思えない口調だったが。

「『裏』って、どういうことですか？」

「簡単に言えば、あんたが鴻氏の指示を受けて、俺たちを尾行したんじゃないかってことだよ」

清充は啞然《あぜん》とした。「鴻さんの指示？　尾行？　なんだって、そんな物騒な話になるんです？」

「うーん……」五十嵐はうなり、孝冬を見た。

「鴻氏や鴻夫人、燈火教がどうにも胡乱なんですよ」孝冬はため息混じりに言った。「このところ、私と鈴子さんの周辺には鴻夫人が現れますし、燈火教絡みの事件は多いですし……」

「こないだ奥様が市ヶ谷のお屋敷に出向いたのは、僕が事情をお話ししたからですよ」

「それ以外でもお会いしているのですよ」

「そりゃあ、会うことだってあるでしょう。僕とあなただって、こうして偶然会っているわけですし」

孝冬はなにか反論しようとしてか口を開きかけたが、清充はかまわず言葉をつづけた。

「それに、燈火教絡みの事件って、なんです？　そんな事件があったからって、鴻さんや奥様と、どう関係があるというんです？」

「燈火教は、鴻心霊学会の母体組織ですよ。ご存じでしょう。燈火教と鴻氏とは、密接なかかわりがある」

「いつの話をしてるんです」

清充がそう言うと、孝冬も五十嵐もけげんそうな顔になる。

「どういうことです？」

「どういうって……たしかに、鴻心霊学会が発足したのは燈火教の機関誌を発行するためと、燈火教の教義を科学的知見から広めるためでしたが、いまはどちらも行ってません」

孝冬と五十嵐は顔を見合わせた。五十嵐が口を開く。

「鴻心霊学会の幹部として、燈火教の代表の名があったと思うが」

「名前だけです。学会の運営にはかかわってませんし、うちの機関誌や発行物にも寄稿はありません」

「どうだかねえ」五十嵐は半笑いで煙草を灰皿に押しつけた。「表向きは幹部として名があるのは事実だ」

孝冬が五十嵐を制するように軽く手をあげ、「すくなくとも、あなたはそう説明を受けている、ということですね。鴻さんから」と確認した。

「はあ……そうですけど、でも、事実ですよ。運営に携わっているか、機関誌にかかわっているかぐらい、僕にだってわかることですから」

孝冬はうなずいた。納得したのかどうかは、その表情からは読みとれない。だが、事実は事実である。清充は嘘をついていない。

「そうだとしたら、なぜでしょう?」

孝冬が清充のほうに身を乗りだす。逆に清充は身を引いた。間近に見ると、圧倒されてしまいそうな造作のいい顔なのである。これが鈴子の顔なら惚れぼれと眺めてしまうかもしれないが、孝冬の顔などじっくり見ても面白くもなんともない。

「なぜ、って——」

「なぜ、鴻氏は燈火教から距離をとっているのですか?　その必要性がありますか?」

「そんなこと、僕にはわかりませんけど……」

「けど？」

「いや、ほんとうにわかりませんよ。ただ、僕が出版部に入ったときから、そうでした。沿革として燈火教が母体であるのは知ってましたけど、僕は入信もすすめられませんでしたし、教義も聞いたことがありません。学会本部に燈火教の信者が出入りしていることもありませんし」

「あなたが出版部に入ったときとは、いつですか」

「さ、三年前です」質問攻めである。孝冬が距離を詰めて訊いてくるので、蛇《へび》ににらまれた蛙《かえる》のように清充は逃れられなかった。

「三年前……」孝冬はつぶやき、考え込むようにうつむく。視線がそれて、清充はほっとした。

五十嵐が麦酒を手にふたたび口を開く。

「三年前には、すでに鴻心霊学会と燈火教の関係は冷えていた。それでも表向き、完全に決裂はしていない、ってことでいいのか？」

「はあ……そうですね」清充はずれた眼鏡を直す。「やはり発足当初の関係上、揉め事は表に出したくないのだとは思います」

「揉め事があったのか？」五十嵐が突いてくる。う、と清充は言葉につまる。

「いや、あの、僕はよく知りませんけど、出版部にいる古株の事務員のひとが、そんなことをちらと洩らしていたことがあって」

汗が出てくる。こんなふうに問い詰められるのは苦手だった。

「古株の、ということは、揉め事自体もけっこう古いのかな」

孝冬がつぶやく。

「知りませんよ。僕は知りません。いちいち首を突っ込んで訊きもしませんから」

「多幡さん、知っておかないとまずいことも、世の中にはありますよ」

存外、真面目な声音と表情で孝冬が言った。

「あとになって、知らなかったから自分は悪くない、では通用しないこともあるんですからね。自ら知ろうと努めたほうがいい」

諭すような口調に、清充は黙る。しばしば言われることだからだ。知らずにいると悪事に利用されかねませんよ、と多幡家に仕えていた家令などに釘を刺されたものだ。清充は己が世間知らずであることはわかっている。すぐ他人を信用してしまうし、その善意を疑うことがない。それではいけないこともあるとわかっている。わかっているのだが――。

「まあ、それがあんたのいいところでもあるんだろうからなあ」

慰めるように五十嵐が言う。かえって情けなくなった。

「揉め事というのを、その古株の事務員さんは、どんなふうに表現していたのですか？」

孝冬が訊きかたを変える。清充は必死に記憶を掘り起こした。

――なんと言っていたっけ。

「ええと……久津見さん――燈火教の代表ですけど、そのひとと、鴻さんの意見が合わなくなったようだ、とか、そんな感じだったと。なんだったたっけな……僕がなにか質問をして、それに対する答えだったと思うんですけど。あ、そうか、昔の機関誌を倉庫で見ていて、いまとは名前や雰囲気が違いますね、とかいう話から、そういう流れになったんでした」

倉庫にあった古い機関誌は、燈火教の機関誌として発行されていたもので、久津見の寄稿や教義の解説、信者の話、そんなものが載せられていたのだ。

「正直、当時の機関誌は眉唾物《まゆつばもの》というか、怪しい話が多くて、僕は苦手に思いました。いまはもっと科学的で――ああ、ちょうど見本があるんですよ」

清充は鞄から機関誌を二冊、とりだして孝冬と五十嵐に渡した。『心霊真報』という誌名の下に、寄稿者の名前とその題があるだけの、飾り気のない表紙だ。そのぶん、中身には自信があった。

「ちょうど今週、全国の会員に発送されたものです。よかったら今後もお送りしますよ、会員になってくだされば」

「けっこうです」

「いや、遠慮しとくよ」

孝冬と五十嵐がそれぞれ苦笑気味に答えた。それでもいちおう、ふたりとも機関誌をぱらぱらめくって眺めている。

「学者や文学者の寄稿が多いんですね。霊術研究から宗教、民俗、文学と、さまざまだ」

「そうなんですよ」清充は顔を輝かせた。「鴻心霊学会は、知識人の会員も多いんです。精神療法からはじまって、科学や哲学の方面まで分野を広げています」

「なるほど、新宗教からそういう方面に乗り換えたってことだな」

五十嵐が二本目の煙草に火をつけた。紫煙がただよう。店内は喫煙する者が多く、うっすら霧に包まれたようにあたりは白い。煙が目にしみて、清充はまばたきをくり返した。

「意見の相違ってのも、その辺にあるんじゃないか？　手広く商売をやってる鴻氏だ。燈火教の宣伝役で満足するはずがない。せっかく出版という手段を得たんだから、もっといろいろやりたいだろう」

なるほど——と清充は思う。それはあり得る。「でも、燈火教のほうは宣伝役をやってほしかった、ということでしょうか」

「いちばんわかりやすい理由だろ。もちろん、実際のとこはわからねえけどさ」

「それだけなら、宣伝役もやって、ほかの出版物も出せばいいのでは？」

孝冬が口を挟んだ。

「そりゃまあ、そうだな」と五十嵐はあっさり引き下がる。「むしろ、燈火教と距離を置くほうが大事だったたってことになるか」

清充にはよくわからない。そもそも燈火教に勧誘されていないので、その教義もよく知らない。ただ、燈火教の創始者が八千代の父親だったと聞かされているので、そう悪い印象も持っていなかった。

「あ……そうか」

思わず声をあげると、孝冬と五十嵐の視線が清充に集中した。首をすくめる。

「いえ、あの……燈火教のいまの代表は、奥様とかかわりのないひとなんですよね。創始者は奥様のお父上なんですが。そこでなにか、軋轢《あつれき》があったのかな、と……」

孝冬がうなずいた。「あり得そうですね」

「創始者の娘と後継者だと、揉めそうだな」五十嵐も同意する。

ふたりに納得してもらえて、清充は安堵する。八千代や鴻が誰かと揉めるところなど、想像もできないが。

「いまのとこ、表向きはまだ関係があるようにしてるが、いずれ完全に切るつもりなのか？」

五十嵐に訊かれるが、そんなこと、清充が知るわけもない。

「さあ……いまはなにも、そういった話は聞いていませんが」

「商売人として、ああいう宗教と手を切るってのは賢い選択だと思うけどな。そりゃあ信者相手にいい商売になるかもしれねえが、政府ににらまれたら面倒だ。大本教を見ろよ。出版物の発禁処分なんざ、受けたくねえだろ」

大本教の出した書物が政府から発禁処分を受けたのは、今月のことである。そんなことになったら、と清充はぞっとする。

「新聞もじゅうぶん、弾圧を煽《あお》っていると思うけどな」

孝冬が笑う。今年六月に、さる新聞は『謎の綾部《あやべ》』という題でもって大本教に対して懐疑的な記事を連載している。綾部は大本教の本部がある地域だ。

五十嵐は苦々しい顔をしている。

「ああいうのは、どうせそのうち逆の記事が出るんだよ。否定からの肯定。知識人のお墨付き。天理《てんり》教がその流れだったろ。そういうものなんだ。まあ当分、大本教は弾圧対象だろうが」

「天理教は宗教局に独立を認められたってのが大きいと思うけどなあ、金光教《こんこう》とおなじで。政府公認かどうかは、やっぱり大きいだろ」

清充はふたりの会話がいまいちよくわからない。きっと間の抜けた顔をしていたのだろう、孝冬が説明する。

「金光教や天理教は、明治になってから教派神道の傘下として活動していましたが、いまは教派神道の一派として独立しています。それを認可するのは文部省の宗教局です。当時は内務省にありましたが。独立請願が受け入れられる、つまり教派神道の一派として認められるに至るまでには、そうとうな手間と時間がかかったのですよ」

軽く聞いただけでもなんだか面倒そうな話だな、と清充は思った。

「燈火教は、教派神道の傘下に所属しているはずですが」

「そうですね。おとなしく傘下で活動しているぶんには問題ないと思いますが……」

孝冬は言い淀《よど》み、思案顔になる。

「燈火教絡みの事件が起きている、と最初に言いましたが、懸念はそこなんですよ。全国に信者を増やし、力をつけてゆけばどうなるか。それもあまりよろしくない手段で力をつけていったとなると」

清充は眉をひそめた。

「よろしくない手段って……どういうことですか？　信者から金銭をまきあげるとか？」

「いえ、信者獲得の手段を言っています。――それはともかく、なんにせよ宗教団体と絡むと面倒に巻き込まれる恐れがある、ということですね」

話をそらされた気がするが、言いたいことはわかった。弾圧のあおりを受けるということだ。

「経営者の判断として、燈火教から離れた、ということですよね」

「そうなりますね。鴻心霊学会のみならず、ほかの商売に被害が及ばないともかぎらない。私なら燈火教と組もうとは思いません」

孝冬はきっぱりと言った。そういえば彼も実業家なのだった、と清充は思った。

「鴻さんは、燈火教の創始者に命を救われたとおっしゃっていたので、恩もあったんだろうと思います」

そうでなかったら、燈火教とのかかわりはなかっただろう。鴻は危険な賭けをして儲けようとするたちではない。地に足のついた堅実な商売をしている。

「そうでしたね。病に倒れたところを助けられたとか。夫人との縁もそこにあるのですか？」

「さあ、そこまでは。奥様は恥ずかしがってあまりそういった話をなさいませんので」

「そうですか……」

孝冬はまたもやなにか考え込む。清充には、彼がなにを考えているのか、まるで思いつかない。

「燈火教の代表者の――久津見さんでしたか、そのひとに、あなたはお会いしたことがありますか？」

清充はかぶりをふった。「いいえ。お写真は見たことがあります、機関誌で」

「写真なら俺も見たことがあるな」と五十嵐が言った。「四十がらみの、純朴な青年がそのまま中年になったって感じの風貌だったな」

言い得て妙だ。清充が見たのは、紋付袴で鴻と並んで写っているものだった。背丈は鴻より低いくらいだったが、農家の出らしいがっしりとした体つきで、顔立ちも骨張って厳《いか》つい。だが、まっすぐな澄んだ目をしており、歳のわりに擦れたふうのない、純朴そうな男だった。

「鴻氏と揉めた内容がやはり気になるな」

孝冬がつぶやく。さきほどから考え込んでいるのは、それが理由らしい。

「燈火教の機関誌を出さなくなったのは、いつからです？」

訊かれて、清充は困る。「そんなの覚えてないですよ」言ってから、いや待てよ、と鞄のなかをさぐった。

「そういえば、手帳に――」沿革を問われたときに答えられるように、細かく書いていたのを思い出した。

手帳のページを繰る。「ああ、あった」

万年筆で記した箇所を指でさす。そこには『大正三年末　燈火教機関誌ともしび　休止』とあった。

「『ともしび』は機関誌の名前です。休止とありますが、実際には中止、とりやめです。これ以後、『ともしび』は作られてません」

孝冬はメモ書きをじっと凝視している。怖いくらいの視線だった。

「大正三年。――六年前か」

低いつぶやきが洩れる。

「え？　はあ、そうですね」

「学会の機関誌は、会員になれば送られると言いましたね。『ともしび』は、信者なら全員に送られるものですか？」

「はあ、そうですよ。機関誌って、そういうものですから」

問いの意図がつかめず、清充は困惑する。孝冬はまだ手帳を見つめていた——いや、にらみつけていると言っていい。なんだか怖くなり、清充は「もういいですか？」と手帳をしまった。

「六年前——鴻氏と久津見氏のあいだで、なにか揉め事があった……」

そう口にしたあと、孝冬は聞きとれぬほど低い声で、何事かつぶやいていた。

＊

昼下がり、鈴子は孝冬とともに千駄木の棚橋家に向かっていた。車窓から吹き込む風にはほんのわずか、涼やかな秋の気配を感じる。鈴子も孝冬も言葉すくなで、それぞれ考えに耽っていた。

鈴子は、昨夜、孝冬から聞いた話について考えている。鈴子が八千代から聞いた話と突き合わせると、なるほど、たしかに鴻夫妻は燈火教と距離を置いているらしい。その原因は、どうやら六年前にある——。これをどう考えたらいいのか、鈴子も孝冬もまだわからないでいる。

六年前は、浅草の貧民窟で鈴子と一緒に暮らしていた銀六《ぎんろく》たちが殺された年。そして孝冬の兄、実秋《さねあき》が自殺した年でもあった。

——ただの偶然か。

その可能性のほうが高いだろう。しかし。

漠然としたほの暗い靄《もや》が、胸中に広がってゆくようだった。

「大正三年というと、七月に世界戦争の勃発、これがいちばん大きな出来事でしょうね。ときの首相は大隈重信。第一党であった政友会は野党へと転落、総裁の原敬《はらたかし》は苦境に立たされていたころです」

孝冬が車窓の外を眺めながら、そんな話をはじめた。彼も鈴子と似たようなことを考え込んでいたのだろう。

「本来この年は天皇の御大典《ごたいてん》が行われる予定でしたが、ご存じのとおり四月に昭憲《しょうけん》皇太后が崩御《ほうぎょ》したのもあって、翌年に延びましたね。いずれにしても御大典の準備が進められているころです。これは政府や宮中だけのことではなく、ほら、奉祝門やら花電車やらあったでしょう、ああした奉祝事業の準備も、自治体やら民間団体やらであったわけです。神道界でも同様の動きがありました。内務省神社局から奉祝事業推進の通達がありましてね」

御大典——天皇の即位の礼を中心とした儀式だ。鈴子も覚えている。即位の儀式が行われた京都では、華やかに飾り立てられた奉祝門や提灯《ちょうちん》行列などがあり、その様子が写真絵葉書となって売られていた。東京でも花電車が走って、賑やかな、おめでたい雰囲気に包まれていた。

「それとはべつに、この年は世界戦争においての戦勝を祈るべく、政府が小学生の神社参拝を求めたということもありました。これは国内のキリスト教の組合から反発を食らっています。神社神道が宗教なのかそうでないのか、あいまいだからですね。これは神道界のみならず、ほかの宗教にとっても大きな問題であるわけです。神社が宗教施設であるなら、参拝を強要するのは信教の自由に反しますから」

「政府としては、神社は宗教ではなく祭祀《さいし》の施設である、ということでございましょう」

祭祀を司る神社に対して、死生観であったり救いであったり、信仰に関するものが宗教だということだ。行政上でも、神社は内務省神社局、宗教は文部省宗教局にわかれている。

「ええ、そうです。政府は、神社を宗教とはべつの枠組みに置きたいのですね。もっと根本的な、国民のなかに根ざす土台を作りあげるための装置に神社を利用したいわけです」

「装置……」

孝冬の説明は、おおよそのところは鈴子にもわかるのだが、まだ理解の及ばない部分も多い。花菱家の書斎には神道や国学に関する書物があるので、鈴子はそれを読み進めているものの、内容は専門的で難しく、理解するには時間がかかりそうだった。

「ちなみにこの前年、大正二年に内務省訓令で、神社がそうした役目を果たす国家の機関であるとはっきり示されました。これは明治のころにできた全国神職会の働きかけによるところが大きい。いま現在は地方の若手神職らの動きも活発になってきていますね」

若手神職というなら、孝冬もそれに含まれるのだろうが――そして、かつては実秋も。

鈴子は大きな流れのなかに、実秋の姿を垣間見た気がした。孝冬もおなじことを感じたのだろうか。しばし言葉をとめた。

「まあ、そんなふうに宗教界でごたついていた時期でもあるということですね」

そうまとめてから、孝冬はうっすら笑う。「――いや、維新以来、ごたついていない時期はありませんが」

車が建物の陰に入り、視界がすっと暗くなる。孝冬の顔にも翳がさす。肌がひんやりと冷えた。

すぐに車は日なたへと戻る。まぶしさに目を細めた。陽光が膝のあたりにふりそそぎ、熱をもつ。

「いろんな変動があった、あわただしい年でしたね、六年前は――」

孝冬の声音が、いつものようなやわらかさに戻る。さきほど一瞬、刺すように冷たくなったのが嘘のように。

ときおり彼は過去に引き戻されるのだ、と鈴子は思う。そんなとき、決まって彼の顔には翳がさし、声はこわばる。

「なんにしても、情報を集めましょう。それが大事です。いまはまだ、いろんな情報がちらばってまとまらない」

鈴子はうなずいた。「そうですね。いずれそれが、つながるといいのですけれど」

情報を集めて、つないで、そうすれば、犯人に辿り着くだろうか。

「まだ集めはじめたばかりですからね。──ああ、そろそろ着きますよ」

棚橋家の屋敷が見えてくる。車が速度を落とした。

「鴻夫人はさきに着いているでしょうか」

「さあ」

八千代とは、棚橋家で落ち合う予定だった。八千代には『迎えにまいりますから、一緒に向かいましょう』とも誘われたが、断った。

「ほんとうに、おひとりで大丈夫ですか？」

「大丈夫です」

孝冬には外で待っていてもらうことになっている。障子に現れる幽霊がどんなものかわからないが、淡路の君にいきなり食われてしまっては困るからだ。鈴子がひとりで訪問してもいいのだが、それには反対の孝冬との妥協案だった。

棚橋家に着くと、鈴子はひとりで門をくぐり、玄関に立つ。

「ごめんくださいまし」

呼びかけると、しばらくして先日とおなじ女中が現れる。女中の案内で鈴子は屋敷の奥へと向かった。廊下は薄暗く、陰気な静けさがあった。

女中が一室の襖《ふすま》を開けると、なかは八畳ほどの座敷で、中央に伊登子と八千代が向かい合って座っていた。

「どうぞ、お入りください」と伊登子が八千代の隣を手で示す。座布団が一枚、そこに置いてあった。お邪魔いたします、と断って鈴子は座敷に足を踏み入れる。襖の向かいに、障子があった。季節柄、開け放たれている。座敷の外は縁側で、庭に面していた。

──幽霊の影は、どの障子に現れるのだろう。

いまはどこにも影は見当たらず、障子を一見しただけではわからない。

「先日は、失礼いたしました」

腰をおろした鈴子に、伊登子が頭をさげる。

「いえ、お気になさらず。本日はお招きありがとうございます」

鈴子も頭をさげた。八千代がにこやかに、「来てくださってよかったわ」と言った。

八千代は梅鼠《うめねず》の絽に黒紋付の羽織という、三越で遭遇したときと違い、いたって無難な装いである。そういう鈴子も青磁色の紗に白い帯、ぼかしの入った水浅葱の羽織という出で立ちは、品のいい外出着ではありながら気負いのないものだった。

向かいに端然と座る伊登子は、先日と似たり寄ったりの地味な装いである。納戸《なんど》色の夏《なつ》御召《おめし》に濃藍《こいあい》の帯を締めている。丸髷に挿《さ》した櫛《くし》も簪も見栄えのするものではなく、装飾品に興味がないのかと思いきや、帯留めは目を惹いた。

鬼灯《ほおずき》の帯留めだった。象牙に彩色したものだ。真ん中にある赤い実がつやつやと輝いている。あれは珊瑚《さんご》だろうか。凝った細工だ。

「美しい鬼灯でございますね」

鈴子が褒めると、伊登子は帯留めに指を添え、ほんのりと笑った。はにかんだ、ぬくもりのある笑みだった。

「ありがとうございます。これは大事なひとにいただいた帯留めで……お褒めにあずかり、うれしゅうございます」

――大事なひと……。

いったい誰だろう、と思った。亡夫ではあるまい。それならそうと言うだろう。

ひっかかりを覚えたものの、興味本位に詮索するのも失礼なので、「そうですか」と言うにとどめた。

「いまね、伊登子さんと、どこかへお出かけしましょうかとお話ししていたところなんですよ」

八千代が朗らかに言い、「ねえ」と伊登子に顔を向ける。はい、と伊登子はうなずきつつ、「わたしは行楽地をあまり存じあげないものですから、よくわからず……」とさびしげに微笑した。

「ひどいお話なんですよ、鈴子さん」八千代は眉をひそめた。「伊登子さんはご主人のご存命中には、ろくに外出を許されなかったのですって」

――外出を許されなかった?

どういうことだろう、と思っていると、

「ご主人はね、出かけると無駄な出費が増える、娯楽など贅沢だ、というお考えだったのよ。あんまりでしょう。それで伊登子さんはほとんど出かけることもなかったのですって。軟禁と変わらないわ」

八千代は腹を立てている様子だった。

「女学校時代のご友人とお会いになるのもお許しにならなかったんですよ。伊登子さんが頭をさげて頼むと、かえってお怒りになったそうで。『そんなに出かけたがるとは、男と会うつもりだろう』と癇癪《かんしゃく》を起こすとかで……」

鈴子も眉をひそめる。生前の棚橋氏を知らないので人柄がわからないが、それが事実ならずいぶん癇癖の強いひとだ。

伊登子はうつむき、膝にのせた手を見つめている。感情が削げ落ちたような、疲れた顔に見えた。

「それでも、寺社へのお詣《まい》りだけはできましたから……」

か細い声で言う。

「それだけしか許されないというのが、おかしな話なんですよ」と八千代は気の毒そうな目を向けた。「いくら夫といえど、妻を家に閉じ込めるなどと、許されることではありません」

「でも、もうすんだことですから」伊登子はひかえめに笑う。

「伊登子さん、あなたはもっと怒ったり、悔しがったりしていいのですよ」

八千代は身を乗りだし、伊登子の手に己の手を重ねる。心から伊登子を案じている、親身なしぐさだった。

伊登子は戸惑うようにうつむき、視線を揺らしている。慣れていないのだろう、と鈴子は思う。長らく感情を抑えてきたから、いまさら表に出すことに慣れないのだ。

「お詣りというのは、どちらへ？」

鈴子は尋ねた。え、と伊登子が顔をあげる。

「お詣りなさった寺社というのは、どちらでございますか。ここから近いところでしたら、根津《ねづ》神社でしょうか」

「あ……ええ」伊登子の顔が、安堵したように緩んだ。「根津神社がいちばん多うございました。あとは、ときおり浅草観音にも」

「あら、根津神社でしたら、躑躅《つつじ》がきれいでしょうねえ」

八千代が言う。

「大久保《おおくぼ》の躑躅ほどではございませんが……」

「浅草観音なら、やはり七月の四万六千日の縁日ですかしら。わたくしもその日は青鬼灯を買いにいきますよ」

七月九日、十日の縁日である。この日参詣すれば、四万六千日ぶんお詣りしたのとおなじになるという功徳《くどく》日だ。三年三ヶ月かかさず参詣すれば、諸願成就などのご利益があるという。有名なのがこの日の鬼灯市で、千成《せんなり》青鬼灯が赤玉蜀黍《あかとうもろこし》とともに境内で売られた。赤玉蜀黍は雷除け、青鬼灯は虫切り——疳《かん》の虫を祓うとされた。竹竿に枝ごと吊された青鬼灯がずらりと並んでいる光景は、清々《すがすが》しい夏の風物詩だ。

「わたしも、毎年鬼灯市に足を運んでおりました」

伊登子が懐かしげに言い、帯留めを指でなぞる。なにかしらの思い出があるのだろう。

「では浅草観音に行きましょうか。今年の鬼灯市はもう終わってしまいましたけれど、浅草観音の縁日は多いですからね。――鈴子さんもご一緒にいかがでございましょう？」

八千代は鈴子をふり向く。浅草には行きたくない。かつて過ごした貧民窟がある。まさか、それを知って言っているわけではないだろうが……。

「わたしはけっこうでございます」

「あら、そう？」八千代は落胆の表情を浮かべる。「では、どこがいいでしょうね。そうだわ、これからの季節なら、谷中の萩寺がいいでしょう。亀戸《かめいど》の萩寺もいいかしら」

「いえ、わたしは――」

重ねて断ろうとした、そのときだった。うなじをひんやりと湿った風が撫でた。思わず庭のほうを見る。開け放った障子から、薄暗い三坪ほどの庭が見えている。生い茂った山茶花《さざんか》や八つ手の葉が陰気な影を落としている。それらの葉は揺れていなかった。だが、冷たい風が細く、座敷へと入り込んでいる。

ああ、と伊登子が声を洩らした。感嘆にも似た声で、怖がっているふうではない。

障子に影が映っていた。

女の姿だ。横向きに座り、うつむいている。ひと筋、ほつれた髪まで見える。鈴子も八千代も押し黙り、息を殺してその影を凝視していた。伊登子も影を見つめているが、緊張した様子も恐れる様子もなく、静かに端座している。そのまなざしはどこかあたたかく、懐かしげであった。まるで――。

がた、と音がした。伊登子がはっと息を呑む。がたがた、とつづけざまに音がする。強い風が吹きつけて、戸が揺れる音に似ていた。

障子が揺れている。女の影が映っている障子だ。ほかの障子に変化はない。強風が吹いているわけでもなかった。

がたがたと障子は激しく前後に揺れ、桟《さん》から外れてしまいそうだ。伊登子が怯えたように身を引く。明らかにうろたえていた。

「こういうことは、はじめてですか？」

鈴子が訊くと、伊登子は震えながらうなずいた。八千代が伊登子の肩を支え、「大丈夫ですよ」とささやく。その声はやわらかく、慈愛に満ちていた。おかげで伊登子はすこし落ち着いたようで、八千代に向かってうなずき返した。だが、障子の揺れはいっそう激しくなり、耐えきれなくなったか、伊登子は悲鳴をあげて八千代にしがみついた。

いったいなにが起きているのか——と鈴子は障子のほうをふり返る。それと同時に、庭のほうから砂利を踏んで駆けよってくる足音が聞こえてきた。

「鈴子さん、大丈夫ですか」

孝冬である。外に待機していた孝冬が、庭を回って駆けつけてきたのだ。答えようとした鈴子は、縁側を見て固まる。

軒先から、なにかがぶらさがっていた。男——老人だ。六十くらいの老人が、逆さまにぶらさがり、だらりと両手をさげて、座敷のなかを覗き込んでいた。浴衣姿だ。半白の髪に削げた頬、らんらんと凶悪に光る双眸《そうぼう》、ゆるんだ口もと。はだけた衿からあばらの浮き出た胸が覗く。男の目は左右に動いていた。それがぴたりととまる。伊登子のうえで。ずるり、と男の体が下にさがり、両手がこちらに向かって伸ばされる。男が口を開く。

「鈴子さん！」

においがした。強い香のにおい。清冽《せいれつ》で深みのある、どこかさびしい、あの。

淡路の君の香りだ。

気づいたときには、美しい十二単《じゅうにひとえ》が目の前に広がっていた。長くつやのある黒髪が揺れる。白い顔に紅い唇。その唇が弧を描く。袖がふわりと翻《ひるがえ》り、ぶらさがる男に向かって伸ばされた。

男の頭が消え、腕が消え、体が消えた。

それで終わりだった。

目に残ったのは、白皙《はくせき》の横顔と、唇に浮かんだ笑みだ。ゆらりと淡路の君の姿は霞《かす》み、煙となってただよい、孝冬のもとへと戻ってゆく。孝冬は庭先に佇み、突然のことに呆然《ぼうぜん》としていた。

鈴子は立ちあがり、孝冬のほうへ歩み寄る。孝冬はわれに返った様子で、「ああ――鈴子さん、大丈夫ですか？」と鈴子の様子をたしかめるように、上から下まで眺めた。

「大丈夫です」

「悲鳴が聞こえたもので、あわてました。あの悲鳴は？」

鈴子は伊登子をふり返る。伊登子は青ざめた顔で目をみはり、震えていた。その肩を八千代がさすり、「もう大丈夫ですよ」と語りかけている。

鈴子は視線を障子に移す。そこにはもう影は映っていなかった。

「さきほどの老人は、いったい何者です？　話に聞いていた女の影とはまるで違いましたが」

孝冬の問いに、鈴子はただかぶりをふるしかなかった。わからない。だが、ぽつりと細い声が答えた。

「あれは、主人です」

伊登子だった。まだかすかに震えたまま、信じられないものを見た顔で、声を吐き出した。

「死んだ主人です――」

女中に新しく淹《い》れてもらった茶を飲み、伊登子の震えはようやく落ち着いた。孝冬は座敷にあがりこみ、鈴子の隣に座っている。八千代は伊登子のそばでなんやかやと世話を焼いていた。鈴子は、伊登子の視線がたびたび影の消えた障子に向けられることに気づいていた。

「花菱男爵、お見苦しいところをお見せして、失礼いたしました」

伊登子は孝冬に向き直り、畳に手をつく。孝冬は「いえ、こちらこそ勝手に庭に入りまして、申し訳ありません」と持ち前の柔和さで答えた。

「いいえ、花菱男爵がいらっしゃらなかったら、どうなっていたことか。主人の霊を祓ってくださったのですよね」

伊登子は目に涙を浮かべ、感謝のまなざしを向けている。孝冬は戸惑ったように鈴子を見た。鈴子も事情がよく呑み込めていない。

「ご主人の霊は、悪霊に成り果ててしまっていたのですね」

そう伊登子に語りかけたのは、八千代だ。いたわるように伊登子の肩に手を置いている。

伊登子はうなずいた。

「すべてお話しいたします。主人に――棚橋武男に嫁いできたことが、悪夢のはじまりでした」


伊登子の父は公家華族の出である。父は乏しい資産をなんとか増やそうと山師の儲け話に乗ってしまい、増やすどころか借金を負ってしまった。そのさい金を融通して借金を返してくれたのが棚橋武男であった。もとから伊登子を嫁にもらい、華族と縁を結ぼうという魂胆が彼にはあった。

華族の看板を利用するのが目的であったので、武男は伊登子本人にはたいして興味がないようだった。輿入《こし》れした当夜、伊登子のことをつまらぬ女だと吐き捨てた。そのわりに彼は執拗に伊登子のやることなすことにけちをつけ、説教をし、罵倒し、さしたる理由もなく打擲《ちょうちゃく》した。外出は許されず、日々体のどこかに青痣《あおあざ》を作っていた。

武男は持病がもとで軍を退役しており、ときおり具合を悪くして寝込むことがあった。そのたび伊登子は看病しなくてはならなかった。彼は金がもったいないと看護婦を雇うことをせず、すべて伊登子にやらせていた。

何度、逃げようと思ったか知れない。だが、逃げたところで帰る家はなかった。実家はすでに売却され、父母は父の故郷である京都へ移っていた。そこで新たに商売をしているらしい。資金を出したのは武男であった。父母からは親孝行と思って武男に尽くせと、輿入れする前に言い含められていた。武男の前妻のひとり息子は父親も後妻の伊登子も毛嫌いして、この屋敷には寄りつかない。それのみならず、父親が借金のかたに没落華族を娶《めと》ったという悪評が立っては困るので、伊登子が財産目当ての後妻であると周囲に言いふらしていた。味方はひとりもいなかった。

えい《い》と出会ったのは、嫁いで一年ほどが過ぎたころのことだ。

妾がいることは早くから知っていた。月の半分、武男はそちらに滞在していたからだ。自分と違って大事に扱われているのだろうと思うと空しくなったが、月の半分も彼が家にいないことがありがたかった。

伊登子の外出を嫌う武男も、寺社詣でだけは「俺の病気平癒を祈願してくるなら許してやる」と許可した。世間から「主人のために寺社詣でをする献身的な妻をもらった」という評価を得られることが、彼にとって満足のいくものだったらしい。

縁日のにぎやかな人出のなかに身を置くのが、伊登子は好きだった。世のなかには、さまざまなひとがいる。自分はたくさんいるそのうちのひとりで、ちっぽけな存在だと思うと、心安らいだ。自分の不幸は数多《あまた》ある不幸のひとつでしかなく、たいしたことではないと。いつかこの生も終わり、皆平等に死んでゆくのだ。すべてはたいしたことではない。そう思いながらも、泣きたくなってしまいそうでたまらなかった。

浅草観音の鬼灯市で、伊登子は青鬼灯を買った。青々とした鬼灯が美しかった。それを抱えて帰ろうとしたとき、通り雨に降られた。近くの軒先に逃げ込んだ伊登子を、その家の住人が「どうぞなかへ」と呼び入れてくれた。伊登子より二、三歳若いくらいの女だった。あきらかに堅気《かたぎ》でない、芸娼妓あがりの――それもあまり上等でない――女で、しかしやさしい目をした相手だったので、伊登子は礼を言ってなかへあがった。

彼女がえいだった。

えいは当初、伊登子が文句を言いに妾宅に押しかけてきたと思ったそうだ。伊登子はえいを知らなかったが、えいは武男から写真を見せられて顔を知っており、浅草観音の縁日でたびたび見かけたことがあったという。そういえば武男とともに婚礼衣装で写真を撮られたことを思い出した。

手拭いで濡れた顔や手を拭いていたとき、えいは伊登子の痣に気づいた。

「旦那様にぶたれたんじゃありませんか」

そう言ったえいは、自らの腕を見せた。青黒い痣がいくつもあった。夫もえいにはやさしくしているのだろうと思っていた伊登子は、仰天した。

「あたしも、まさか奥様もおなじ目に遭っているとは思いませんでした。だって、華族様のお家から嫁いでこられたんでしょう？」

借金のかたに娘を嫁がせる家でも『華族様』などと言われるのだから、おかしなものだと伊登子は思った。事情を打ち明けると、えいはいたく同情してくれた。

「まさか、そんなことだとは……」

えいは泣いてくれた。伊登子のために涙を流してくれたのは、彼女がはじめてだった。父母さえ、嫁ぐ伊登子に対して涙のひとつも見せず、ただ自分たちの安寧が守られることしか考えていなかったのに。

伊登子はえいが泣いてくれて、はじめて自分でも涙を流すことができた。自分の置かれた状況がひどく惨《みじ》めであることを、ようやく受け入れることができたのだ。

以来、伊登子は浅草観音への参詣を理由に、たびたびえいのもとを訪れた。えいは生傷が絶えず、どうかすると伊登子よりもひどい虐待を受けているのではないかと思えた。だが、問い詰めてもえいはけっして詳しく語ろうとはしなかった。

えいが教えてくれたのは、実家が貧しい大工の家だったこと、兄弟姉妹が多く、物心ついたころには弟妹の世話をしていたこと、十四で街道筋の宿屋へ下働きとして売られて、その実、春をひさいでいたこと、その後、東京の飯屋へ移り酌婦として働いていたこと――そんな昔の話ばかりだった。酌婦をしていたさいに武男がなじみ客となり、妾奉公することになったという。

「旦那様も当時は金払いのいい、気風《きっぷ》のいい軍人さんでしたけどねえ……」

目を伏せて言うえいの顔は、さびしげで、あきらめの色が濃かった。

病気で軍を辞めることになって、ああなったのだろうか、と思ったが、

「退役する前から、旦那様はああでしたよ」

とえいは薄く笑った。

「あのひとは、外では豪放磊落《ごうほうらいらく》で通しているんですよ。家のなかに入ったとたん、暴君になるんです。もう、そういう性《さが》なんでしょう」

病状が悪化するにつれて、武男のいたぶりかたは度を超していった。着物で隠れる部位にばかり傷を作り、肉体的にも精神的にも伊登子とえいを屈服させ、服従させたがった。伊登子の目にも、武男の命はそう長くはないと見えた。あとすこし我慢すれば、解放される。そう思えば、いくらか希望になった。

そのころ、武男がよく口にする言葉があった。

「俺が死んだら、べつの男のところへ嫁ぐ気だろう。それは許さんぞ。貞女は二夫に見《まみ》えずという。もし再嫁すれば、怨霊と化してとり殺してやるからな」

鬼気迫る表情でそう罵《ののし》る武男に、伊登子は恐怖した。いっぽうで、ああ、ほんとうにもう死期が近いのだと思った。早く死んでほしい。朝晩そう祈った。

ある寒い冬の日だった。えいが死んだ。

伊登子はその日、いつものように浅草観音にお詣りして、帰りにえいの家へ立ち寄った。呼んでもえいは出てこず、出かけているのかと思ったが、どうも不審なものを感じた。留守の雰囲気がなかったのと、においだ。異様なにおいが玄関までただよっていた。

「おえいさん？　伊登子です。どこにいらっしゃるの？」

声をかけつつ、なかへあがった伊登子は、座敷で事切れたえいを見つけた。すでに息がないことが、見開かれた目と苦悶《くもん》の表情で固まった顔、のたうちまわってねじれた手足からわかった。口からは吐瀉物《としゃぶつ》がまき散らされていた。

動転した伊登子が呼んだのは、棚橋家を往診に訪れる主治医だった。警官を呼べばよかったのだと、あとから後悔した。そのときは、医者を呼んで処置してもらえば蘇生するのでは、と思ったのだ。

主治医はすみやかに武男に知らせた。えいはろくに調べられもせず、食あたりで死んだことにされた。

伊登子は警察に届けるべきだと武男に言った。食あたりだという死因も信じられなかった。

「警官に調べられて、困るのはおまえだぞ」

武男はそう言って笑った。

「妾宅へなにをしにいった？　毒でも出てきてみろ、おまえが毒殺したと疑われるぞ」

——えいは毒で殺されたのだ。

せせら笑う武男を見て、伊登子は察した。

「あなたが殺したのですか。なぜです？」

伊登子はわれを忘れて武男に詰め寄り、なじっていた。当然ながら、手ひどく殴られ、蹴られた。

「俺だけ死んでなるものか。どうせおまえたちは、俺が死んだらこれ幸いとべつの男のもとへ走るんだろう。そんな真似はさせるものか。おえいは定斎屋《じょさいや》からいつも胃腸薬を買っていたからな、その薬と猫いらずをすり替えてやった。きっとあの定斎屋が間男だったに違いない。あいつも殺してやりたい」

伊登子を足蹴にしながら、武男はそんなことを暴露した。たしかに、えいは胃腸を悪くしやすいと言い、定斎屋からよく胃腸薬を買っていた。猫いらず——殺鼠剤《さっそざい》とすり替えられたそれを、飲んでしまったのか。

「おまえも殺してやるからな。俺が死ぬ前に殺してやる。道連れにしてやる……」

遠のく意識のなかで、伊登子は武男の罵倒を聞いていた。

激しい暴行が武男の体にも障ったのか、その日以来、武男は寝付いた。主治医はもってひと月だろうと言った。

顔には明らかに死相が現れ、浅い息をくり返していた。

武男は骸骨のようになった顔を伊登子に向けて、

「道連れにしてやる……迎えに来るからな……死んでも、おまえをつれに来るからな……」

そう何度もくり返していた。伊登子は恐怖におののいていた。

それから半月ともたず、武男は死んだ。

伊登子は恐れていた。葬儀が終わり、四十九日が過ぎても、怖くてたまらなかった。武男が迎えに来るのではと。

だが、恐れる伊登子の前に現れたのは、武男の幽霊ではなかった。障子に映る女の影だった。

「――あの影は、おえいさんだろうと思います。わたしを守ってくれていたんです」

伊登子は帯留めの鬼灯を撫でながら言う。

「ときおり、庭のほうに異様な気配を感じることがありました。怖くてそちらを見ることはできませんでしたが、きっと主人が来ていたのだと思います。その気配が消えて、ほっとしてふり返ると、いつでもあの影がいてくれました」

帯留めを手で押さえて、伊登子は涙ぐんだ。

「この帯留めは、おえいさんがくれたものです。青鬼灯は、疳の虫を祓うと言うでしょう？　主人の癇癪を抑えてくれるかもしれない、おまじないだと……。彼女がまだ酌婦として働いていたとき、主人が贈ったものだそうで……おえいさんは、『そう思うとぞっとするけれど、かえって効き目があるかもしれないから』と笑っていました」

伊登子の目は障子に向けられる。

「さっき障子があれだけ激しく揺れていたのは、きっとおえいさんが危険を知らせてくれたのだと思います。主人がいよいよわたしをつれていこうとしていると……。花菱男爵、主人の霊と一緒に、障子のあの影も祓ってしまったのでしょうか？」

孝冬は「いいえ」と穏やかに返事をする。

「ご主人の悪霊だけですよ。障子の影はわかりません」

淡路の君が食ったのは、たしかに武男の霊だけだった。軒先からぶらさがるその姿は、魔と呼ぶにふさわしい、おぞましいものだった。

鈴子も障子を眺める。陽光に照らされて、ほの白く輝いている。影の姿はない。

――成仏したのだろうか。

武男が滅したことによって、もう大丈夫だと。

伊登子は障子をずっと見つめて、帯留めを撫でていた。


後日、孝冬が会社の社長室にいると、五十嵐が訪ねてきた。

「よう、伊登子さんのところの幽霊、祓ってやったんだって？」

五十嵐は脱いで抱えていた上着を椅子に放り投げ、電気扇の前に陣取る。

「伊登子さんに訊いたのか？　――おい、そこに立つな。風が来ないだろう」

「おまえはいつも室内にいるんだから、ちょっとくらい暑い思いをしろよ。こっちは炎天下を取材で駆けずり回っているんだぜ」

事務員がサイダーの瓶をふたつ持ってくる。冷えた瓶を手に、五十嵐はうれしそうな顔をした。

「さすが薫英堂、いいもんを出してくれるな」

「そう思うなら、褒めそやす記事を出してくれてもいいんだぞ」

「そんなもん書いたって、上に却下されるよ」

五十嵐は冷えたサイダーをおいしそうに飲んでいる。ここ数日暑さがぶり返し、窓を開けていても風は入ってこない。電気扇で攪拌《かくはん》されたところで、室内には生ぬるい風しか吹かず、じわりと汗がにじんでいた。孝冬も瓶からグラスにサイダーを移し、口をつける。炭酸に舌がぴりりとするが、冷たい飲料が喉を通るのはやはり心地よかった。

「それで、さっきの話だがな、そのとおり伊登子さんから聞いたんだよ。取材に出たついでに棚橋家に寄ったんだ」

五十嵐はサイダーを飲んで人心地《ひとごこち》ついた様子で、汗を手拭いで拭いている。

「なんでも、障子に映るのとはべつの幽霊が出たんだって？　伊登子さんはあんまり詳しく話さなかったけどさ。でも、それ以来、障子のほうの影も出なくなったんだと。まあ、なんにせよ、よかったよ」

「そうか」

――結局、障子の影ももう出なくなったのか。

えいが無事に成仏できたのなら、よかった。そう思う。

「伊登子さんはあの屋敷を売却して、よそへ移るそうだ」

「そうなのか？　頼るあてがないと思ったが」

「鴻夫人が世話をしてくれてるんだと。不動産の仲介やら、新居さがしやら」

「へえ……」

八千代はあの日、孝冬と鈴子が帰るさいも『伊登子さんもおひとりで不安でしょうから、もうすこし残ります』と言って残ったのだ。満足そうな顔で、『やはり花菱男爵のお力はすばらしいわ』とも言っていた。

――なにを考えているのか、狙いがわからないな……。

薄気味悪い。まったくの善意で動いているのか、そうでないのか、見極めがたい人物だった。

「なんでも、鴻氏がやってる慈善事業に携わることにしたそうだ。伊登子さん、ずいぶん朗らかになっていたよ。吹っ切れたのかね」

「慈善事業ねえ……」

「実業家に慈善事業ってのはつきものだろ。おまえもなんやかや、かかわってるだろうに」

「俺は寄付くらいだよ。そこまで手が回らない」

「まあ、鴻氏のほうは夫人が熱心なんだな、そういう事業に」

宗教家の娘だからだろうか、と思う。宗教家、宗教団体による慈善事業というのは、数多く行われている。

資本主義が急速に進めば、当然ながら貧困や低賃金労働は大きな問題となって現れてくるものだ。内務省による『感化救済事業講習会』が開催されたのは明治四十一年のこと。そこでは宗教家に対して慈善事業への参加を期待する政府側の意見が述べられている。

実際、キリスト教に仏教、教派神道など宗教団体は慈善活動に勤しんだ。カトリック宣教師たちによる孤児救済、プロテスタントでは岡山孤児院の創立、救世軍の活動。仏教では施薬院の設立、大日本救療院など病院の開業。教派神道系では監獄教誨《きょうかい》活動、感化院の設立。金光教だと日本救恤《きゅうじゅつ》院、天理教では孤児院の天理教養徳院などがあった。宗教家は、慈善活動において大きな存在なのである。

「でも、お祓いをしたのはおまえなのに、手柄を鴻夫人にかっさらわれたような感じもするな」

五十嵐はいささか不満げに言う。「まるで鴻夫人が伊登子さんを救ったみたいだ」

「いま伊登子さんの手助けをしているのは、実際、鴻夫人だろう。前々から世話を焼いていたようだし」

「伊登子さんが前向きになったきっかけは、やっぱりお祓いなんじゃないか？　それを待ってたように、鴻夫人は伊登子さんを自分のほうへ引き込んだんだ」

それは悪く捉えすぎなのではないか——と思ったが、そう思うのは孝冬も八千代の無害そうな人柄に取り込まれているせいなのだろうか。

「でもまあ、伊登子さんのもとへわざわざ足を運んで、お祓いをしたのはおまえだからな。それは変わらない。いいことをしたぜ、おまえさんは」

「褒められてもな」孝冬は苦笑する。

「褒めるつもりで言ったんじゃない。いや、実際いいことをしたけどさ。そうじゃなくて、恩を売ることができたじゃないか」

「伊登子さんにか？」

けげんに思って訊くと、

「違う、違う。なんだ、やっぱり知らなかったんだな」

五十嵐は言った。

「なにをだ？」

「伊登子さんは、有松《ありまつ》伯爵の親戚なんだよ。伊登子さんの母親の実家が有松家なんだ」

「有松伯爵——どこだったかの大名だった家だろう」

「そうだ。だが大事なのは有松伯爵本人さ。まだ若いが、傑物だよ」

有松伯爵は、三十になるかならないかの若さだったはずだ。貴族院議員で、華族のなかでも新進気鋭、政治において将来が嘱望されている若手華族のひとりだった。ほかのおなじような若手の新進華族と組んで、意見交換など活発に行っていると評判だ。

「有松伯爵は、以前から親戚の伊登子さんの境遇を心配していたそうだ。かといって口を出したり手を貸したりしては軍部と面倒なことになりそうだし、ごたついて醜聞になっても困るだろう。それで気を揉んでいたらしい。今回のことで、おまえは感謝されるだろうよ」

孝冬は口を閉じ、机に頬杖をつく。有力議員に恩を売っておくのは悪くはない――が。

――鴻夫人は、それを知っていたのだろうか。

だから首を突っ込んできたのか。今回のことは、有松伯爵につながりそうな人物に近づく好機だったろう。

さらに考えれば、八千代のその行動は、背後に鴻の意向があるのではないか。

――考えすぎか？

いや、と思う。警戒は可能なかぎりしたほうがいい。危機に陥ってからでは遅いのだ。なにも見逃してはならない。すべてに注意を払って、見過ごしはしない。

二度と。

兄が死んだときのようには。

＊

朝、鈴子が庭に出ると、女中頭の田鶴《たづ》が朝顔に水をやっていた。

庭の片隅に設えた縁台には、様々な朝顔の鉢が並んでいる。朝顔売りから買ったものもあれば、田鶴が昔から育てているものもあった。

「奥様」

鈴子に気づいた田鶴が、脇にのく。

「水やりはもういいの？」

「いましがた、終わったところでございます」

鉢の土はたっぷりと水を含み、湿った土特有のにおいがする。鈴子は、このにおいとともに朝顔を眺めるのが好きだった。

澄んだ青、濃紫、薄紅、藤色。絞りのものもあれば、覆輪《ふくりん》もある。鈴子はさほど変わり種を好まず、朝顔売りから買い求めるのは、たいていふつうの形で、色のきれいなものだった。朝顔売りのほうもそれを心得て、そういった鉢を持ってくる。

ひとによっては、変化朝顔に凝る。縁が切れ込んだ花、縮んだ花、車咲《くるまざき》に獅子咲《ししざき》。およそ朝顔とは思えないような変わった花弁のものもある。朝顔の栽培は古くから盛んで、多種多様な朝顔が生まれた。明治に入って一時期、下火になったものの、ふたたび流行しはじめて、いまではいくつもの研究会があるほどだ。研究会に入るほどでなくとも、朝顔作りを趣味にしているひとは多い。朝顔市なら入谷《いりや》が最も有名だったが、土地が拓けてくるにつれて土を得るのが難しくなったことや、西洋花の流行などもあり、いまは廃《すた》れてしまっている。わざわざ見に行くというより、自分で育てるという形に変わっていったのだろう。

「そろそろ花も終わりね」

萎んで枯れかけた花を眺め、鈴子はつぶやく。

「変化朝顔でしたらいまが盛りですよ。これは花が遅いので」

田鶴が鉢のひとつを指さした。ここにあるなかではめずらしい、変化朝顔である。田鶴が育てているものだ。車咲牡丹という種類で、花の中心が内側に折り返し、そのなかからまた花弁が噴き出ているような、不思議な花の形をしている。花色は白地に紅の絞り模様が入っており、吹掛絞《ふきかけしぼり》というそうだ。

変化朝顔にさして興味を引かれぬ鈴子も、この花は美しいと思う。不思議な形をしているのに、妙に調和がとれている。はじめからこんな花だったような姿だ。

この種の変化朝顔は、孝冬の母親が好んだものだという。彼女の嫁入り前から御付女中として仕えていた田鶴は、この花を大事に育てていた。

「……今年は朝顔売りの持ってきた鉢に車咲牡丹がなかったけれど、来年、いいものがあれば買いましょうね」

鈴子が言うと、田鶴は微笑を浮かべた。そこには哀切な色が混じっている。

一礼して、田鶴は水桶《みずおけ》を手に去っていった。鈴子は飽かず朝顔を眺める。車咲牡丹を眺めていると、なるほど変化朝顔の面白さ、奥深さの片鱗《へんりん》がわかるような気がした。なにがどうなってこんな花が生まれるのか、神秘である。

「暑くはありませんか、鈴子さん」

知らぬ間に、孝冬がうしろにいた。今日は休日で、かつ、めずらしくなんの用事もないため、くつろいだ着流し姿である。白絣の小千谷縮《おぢやちぢみ》に、濃紺の帯を締めている。表情もどこかのんびりとして、眠たげであった。

「そう暑くはございません。朝晩、ずいぶん涼しくなりましたから」

とはいえ、日中はやはり暑い。今日もこれから陽が高くなるにつれて、気温はあがるだろう。鈴子もやはり涼しい小千谷縮を選んで着ていた。白地に朝顔や鉄線、撫子などの花が型染めされている。帯は麻で、臙脂《えんじ》色に蜻蛉柄の半幅《はんはば》帯にした。鴇色《ときいろ》地の半衿にも朝顔の柄が入っている。

「きれいに咲いていますね」と言いながら、孝冬は鈴子の隣に並ぶ。彼は平生、こうしてゆっくり朝顔を眺める暇もないのである。

孝冬はつと朝顔から鈴子に目を移し、

「お疲れではありませんか」

と尋ねる。「棚橋家の件で」

「大丈夫です」

鈴子が疲れるようなことは、なにもなかった。鈴子はただ、八千代や伊登子とおしゃべりをして、伊登子の告白を聞いていただけだ。危険なこともなにひとつなかった――淡路の君が悪霊を食ってしまったから。

朝顔を見つめる。奇妙な形をした花弁を。

鈴子はあのとき、正直、安堵したのだ。異様な男の幽霊が、軒先から入ってこようとしていた。恐ろしかった。淡路の君は、それをあっという間に消してしまったのだ。

――慣れてしまうのだろうか。

こうして、淡路の君が悪霊を食らうことに、慣れてゆくのだろうか。鈴子や孝冬にはどうにもできない幽霊のもとへ淡路の君を導き、食わせてやることにも、そのうち慣れてしまうのだろうか。

いやだ、と思う反面、どうしようもないではないか、とも思う。もがいたところで、淡路の君はこれからも幽霊を食らいつづけるのだ。そして鈴子と孝冬は、彼女に幽霊を与えねばならない。選ばねばならないのだ。どの幽霊を与え、どの幽霊を与えないのか。

棚橋家では、予想外に幽霊と淡路の君が遭遇し、与えることになってしまった——それは都合のいい言い訳だ。そうやって『予想外に遭遇』させていれば、自分たちは選ばなくてすむ。哀れな幽霊を食わせる罪悪感は薄れる。だが、そうやって己を騙せるほど、鈴子も孝冬も逃げることに慣れていない。逃げずに受け入れ、諦めるか、立ち向かうか、そのどちらかしか選んでこなかった。

——それなら、やはり、立ち向かいたい。

淡路の君の祟りを解き明かせるまで、歯を食いしばり、彼女に与える幽霊を選ぶ。

風が吹いた。葉擦れとともに木漏《こも》れ日が揺れる。陽が照りつける地面はまぶしく輝き、落ちる影は夜の闇よりもずっと暗い。

影が動いた。鈴子の肩に、孝冬の手が置かれる。

鈴子の影に、孝冬の影が重なっている。

ひとりでないなら、陽光の下であろうと影のなかであろうと、おなじなのだ、と思った。

*

清充は三階にあがり、電灯をつけた。

鴻心霊学会出版部の入っているこの建物の三階は倉庫で、過去に発行した機関誌や書物、書類の保管場所になっている。そのため窓は夏でも閉めきり、カーテンを引いている。暑いし暗いが、書物の日焼けを防ぐためにはしかたない。

室内には書架がいくつも並んでいるほか、隅には木箱や行李が積まれている。書類を束ねて積んだだけの山もある。インクと古い紙のにおいがして、そこに埃っぽさも加わり、くしゃみが出た。手拭いを首に巻きつけて汗が落ちないようにして、清充は部屋の奥へと進んだ。とある本を探さねばならない。今度、機関誌に寄稿してくれる大学教授が、前に鴻心霊学会から刊行した本だ。それと原稿を照らし合わせて、確認しなくてはならないことがあった。

書架のあいだを歩き、端のほうにその本を見つける。ほっとしてそれを引き抜いた。すぐに見つかってよかった。この暑さのなか、延々と探すのはぞっとする。

清充はそれを手に引き返そうとして、ふとカーテンの向こう側が暗く陰ったのを感じた。遠雷の音も聞こえる。

――夕立かな。

そう思ったのと前後して、ぱらぱらと窓に雨粒が打ちつける音がする。雷鳴が近くなる。清充は落ち着かなくなった。雷は嫌いなのだ。カーテンをすこし開いて外を覗く。窓が雨に濡れて、空は鈍色《にびいろ》の雲に覆われている。さきほどまでよく晴れていたのに。

かさ、とつま先がなにかに触れる。見れば、床に積みあげられた紙の束だった。これらは反故紙《ほごがみ》だ。いちばん上にある束は、いちおう紐で括ってあるが、括った者が雑にやったのか、いまにもほどけて崩れそうだった。

「いいかげんだなあ、志田《しだ》さんかなあ」

清充は本をそばの行李の上に置くと、紙の束を手にしゃがみ込んだ。志田は古株の事務員だが、性格がおおらかすぎて、細かい作業に向いていない。

紙束は端を揃えて束ねられていないため、紐が緩んでいるのだ。清充はいったん紐をほどいて、紙を揃え直す。彼は志田と逆で、こうした作業はきっちりしないと気がすまないたちだった。

紙は古い機関誌の刷り損じのようだった。インクがかすれたり、紙に皺がよったりしている。清充は手をとめた。写真の載った紙があった。五、六人の集合写真だ。学会員を写したものだろうか。写真の下に名前が記されているが、かすれて読めない。写真自体も、紙に皺がよってちゃんと印刷されていないところがある。

——鴻さんだ。

着物姿の鴻は確認できる。いまとそう変わらない年頃に見えるので、これはそこまで古い写真ではない。しかし機関誌で見かけた覚えのない集合写真なので、清充がここへ入る前のものだろう。

写っている人物はいずれも男性で、相応に社会的地位のある人々に見えた。鴻以外は皆、洋装だ。清充は端に立っている若い男性に目をとめる。このなかではひとりだけ若い、二十代くらいに見える。ぴしりとスーツを着こなした青年だ。労働者階級ではなく、実業家にも見えない、おそらく裕福な家の子息だろう。華族かもしれない。

——どこかで見たような気もする。

印刷が粗く、かすれてもいるので、よくわからない。気のせいかもしれない。

雷が光った。はっと顔をあげた瞬間に、雷鳴がとどろく。思いのほか近くで響いて、清充は悲鳴をあげて反故紙の束を取り落とした。あわてて拾い集める。集めた紙を揃え、紙束の上に置いたとき、また窓の外が光った。すこし開いていたカーテンのあいだから、窓が見える。そこに人影が映った。

「ひゃあっ」

思わず叫んで、ふり返る。書架のあいだに、鴻が立っていた。驚いた顔で清充を見ている。

「どうしたのかね、多幡くん。悲鳴が聞こえたものだから、あがってきたんだが」

「す……すみません」清充は顔が熱くなる。「雷に驚いてしまって……」

鴻は、ははは、とやさしげに笑った。けっして小馬鹿にするような笑みではない。

「急に鳴りだしたからね。私も驚いたよ。——それは？」

鴻がほどけた反故紙の束を指さす。

「ほどけそうになっていたので、結び直そうと思いまして」

「多幡くんらしいね。どれ、手伝おう」

「いえ、そんな。もう結べばいいだけですから」

清充はあわてて紙の束に紐をかけ、手早く結ぶ。それを元あった場所に置いた。きっちり整った紙束に、満足する。

「なにが刷ってあったか、見たかい？」

鴻に問われ、清充は首をかしげる。

「え？　いえ、だって、刷り損じですから」

「そうか」とだけ、鴻は言った。「じゃあ、もう下へ行こうか」

はい、と答えて清充は元々の目的であった本を手に、扉へ向かう鴻のあとにつづく。

――なぜ、僕はあの写真を見たと言わなかったのだろう。

あれはなんの集合写真ですか、と軽く訊いてもよかったはずだ。どうしてだろう。

見たかい、と問うた鴻の目が、いつになく笑ってなかったように見えて――。

いや、まさか、と自分の考えを一蹴する。気のせいだ。

部屋を出て、電灯を消したとき、あっと気づいた。

――あの写真の青年、花菱男爵に似ているんだ……。

それこそ、ただの気のせいかもしれなかった。それでも、なんとはなしに清充の胸に残った。

後日、確かめてみようと紙の束を探したが、例の反故紙の束は、もうどこにも見当たらなかった。

初恋金魚

　ある日の昼下がり、鈴子のもとへ異母姉の朝子《あさこ》から文が届いた。

　郵便ではなく、朝子の家の使用人がわざわざ菓子折とともに届けてくれたものである。

　菓子は薯蕷《じょうよ》饅頭で、萩の焼き印が押されている。風呂敷包みには桔梗が一輪、添えてあった。文には秋草の模様が描かれ、かすかに香のにおいがする。

「あいかわらず、洒落たことがお好きでございますねえ」

　タカがあきれ半分に感心している。異母姉たちは、こういうことに凝るのが好きなのだ。

「これはあなたたちで食べていいわ」

　鈴子が饅頭の箱を差し出すと、わかの顔がぱっと輝いた。

「いいんですか？　わあ、おいしそう」

「わか、口の利きかた！」とタカがぴしゃりと言うと、わかは首をすくめた。

「よ……よろしいのでございますか、奥様。ありがとうございます」

　改まった口調で言い直し、わかは恭しく菓子箱を受けとった。その大仰さに鈴子は笑みを洩らす。瀧川家に引き取られて、タカに礼儀作法を一から教わっていたころの鈴子のようだ。

「朝子様は、なんと？」

風呂敷を畳みながら、タカが尋ねる。鈴子は目を通していた文から顔をあげた。

「今度の日曜に、赤坂《あかさか》の家まで来てほしいそうよ」

『赤坂の家』は鈴子の実家、瀧川家のことである。赤坂に屋敷があった。

「わざわざ日曜に、でございますか」

朝子も鈴子も、夫が休日をとる日曜より、平日のほうが出かけやすい。あえて日曜を指定してくるからには、理由があるのだろう。

「お兄様たちのことで、なにかあるのかしらね」

異母兄の嘉忠《よしただ》と嘉見《よしみ》は官庁勤めの官吏で、ふだんは別々に暮らしているが、週末になると瀧川邸に帰ってくるのだ。朝子は、彼らのいるときに話がしたいということなのだろう。

「嘉忠様の縁談でもまとまったのではございませんか」

「どうかしら。嘉忠お兄様も、こと結婚に関しては頑固なかただから」

放埒《ほうらつ》な父親を持ったせいで、嘉忠も嘉見も結婚には尻込みしている。浮いた話のひとつも聞いたことがない。家族やタカなどの使用人を除く女性全般、苦手なのである。

「それでもいいかげん、身を固めませんと」

嘉見はともかく、嘉忠は跡継ぎである。だから周囲はせっついている。鈴子には兄が気の毒であった。

「いざとなったら、養子でもいいのではなくて？　そういうお家も多いでしょう」

男児に恵まれず、養子を迎えて家督を継がせる華族は案外多い。誰でも養子に迎えられるわけではなく、条件は厳しいので、いずれこの制度も行き詰まるかもしれない。しかし瀧川家なら、養子に迎えられそうな男子はちらほらいるのである。

「お子ができないのと、ご結婚もなさらないのとでは、天と地ほども違いますよ」

「そうかしら。西園寺《さいおんじ》公爵の例だってあるじゃないの」

「あのお家は特別でございましょう」

公家、それも清華《せいが》家である西園寺家の家業は琵琶《びわ》で、弁財天《べんざいてん》を祀る関係から、正妻を持たないという決まりがあるそうだ。従って、当代の西園寺公望《きんもち》も妾はいるが正妻はいない。跡継ぎは養子である。

――お家を存続させるというのは、たいへんなことだ。

嘉忠の結婚話になるたび、鈴子は辟易するのである。

「ともかく、嘉忠お兄様の縁談ということはないでしょう。嘉見お兄様ならもっとあり得ないけれど。また食事会でもしようというお話かもしれないわ」

「お召し物はなにがいいでしょうねえ。手を抜くと叱られてしまいますからね」

瀧川家の女性——千津《ちづ》、朝子、雪子《ゆきこ》は皆、着道楽な洒落者である。いいかげんな格好で行くと、下手をすれば着替えさせられる。

「萌葱《もえぎ》の絽があったでしょう、大柄な撫子の模様が入った……」

「ええ、ございますね」

なかなか大胆な柄行きで、着て行く場に困り、まだ一度も袖を通していない。

「あれにしましょう。お姉様がたはきっとお好きだわ」

「たしかに。では、帯はいかがいたします？　白地ならなんでも合いそうですけれど——」

「お姉様がたには『つまらない』と言われそうね。淡い朱に黒い蜻蛉の刺繍の入った帯にしましょうか」

タカは手を打ち合わせた。「ああ、なるほど。よろしゅうございますね」

羽織は緑と朱をぼかした、やはり黒糸で蜻蛉と萩の刺繍が入ったものにしよう、と決まる。黒が効いた組み合わせになるだろう。着るものを決めてしまうと、ひと安心する。鈴子は息をついて椅子にもたれかかった。

——さて、お姉様の用事とはなにかしら。

「まあ」

日曜日、瀧川家を訪れた鈴子は、呼びだされた理由を聞いて唖然とした。

「縁談？　嘉忠お兄様に？　ほんとう？」

思わず矢継ぎ早に訊き返してしまう。

「ほんとうよ。麻布の叔母《おば》様が乗り気だから、まとまるかもしれないのよ」

お茶を飲みながら、千津が答える。今日の千津は白黒の瀧縞《たきじま》の御召に、紗合わせの帯を締めている。帯は薄《すすき》を描いた白地の上に黒い紗を重ねてあり、紗には蟋蟀《こおろぎ》などの虫が刺繍されていた。

「驚いたでしょう。わたしもあんまり驚いたものだから、鈴ちゃんを呼んでしまったわ」

朝子が笑う。彼女は灰白色に濃紫《こむらさき》の太い横縞が入った一風変わった着物を着ている。萩の地紋に、ところどころ刺繍を重ねてあった。紗の帯は桔梗色に濃紫で秋草が織り出してあり、ほとんど無地に見える。黒い紗の羽織は着物とおなじく地紋が萩で、それを銀糸で縫取織してあった。

「でも、嘉忠さんは断るのではないかしら」

頬に指を添えて首をかしげるのは雪子である。こちらは藤色の紋紗に女郎花《おみなえし》を描いた着物、秋草の刺繡帯と、いたって古典的な出で立ちで、羽織も慎ましやかな黒に萩の地紋があるだけ——と見せて、凝った紗無双である。内側の萩の地紋を白く染め抜いてあるのが、うっすらと透けて見え、その上に表側の地紋が重なる具合がなんとも美しい。

「その肝心の嘉忠お兄様は、どちらに？」

鈴子が訊くと、千津たちは顔を見合わせた。いまここには四人の女しかいない。嘉忠も嘉見も不在だった。日曜だというのに。

「逃げたわね」としたり顔で朝子が言い、「嘉見さんまで」と雪子が苦笑している。

「嘉見は、とばっちりを食うと思ったのね」千津が言った。「あの子は鼻が利くから」

「危険を察する勘が鋭いから、嘉見さんは平気よね。嘉忠さんは心配だけど」

「ほんとねえ」

当人がいないので、好き勝手言っている。いや、当人がいてもかまわず言っているか、と鈴子は思い直した。

「それで、縁談のお相手って？」

本題だとばかりに、朝子が千津のほうに身を乗りだす。

「資産家のお嬢様だと聞いたわ」

千津はあまり関心がなさそうなそぶりで言った。

「資産家といったって、いろいろじゃないの、お母様。どこのどなた？」

「目黒《めぐろ》の渡《わたり》家よ。出身は甲府《こうふ》」

鈴子は知らぬ資産家だった。異母姉ふたりはわかるらしい。「ふうん」とつまらなそうな声を洩らした。

「甲州財閥でしょう。電力会社やら鉄道事業やらやってなかったかしら」

「甲州系なら降矢《ふるや》さんが筆頭でしょうけれど、渡さんは新興よね」

甲府出身の降矢家ならわかる。以前、お祓いの件で知り合った。降矢家の娘は華族に嫁いでいたから、おなじような資産家が瀧川家に嫁いでもおかしくはない。

「そのお嬢様は、いま女学校に通っているそうよ。もし縁談がまとまれば、卒業を待たずに退学させるのですって」

「いやねえ、その風習」

朝子が顔をしかめる。女学校に通う令嬢は、結婚が決まれば即座に退学してしまう生徒が多いそうだ。あまり学をつけられても困る、という親や嫁ぎ先の方針もあるらしい。そんなふうだから、むしろ卒業まで女学校に在籍している令嬢は恥ずかしい思いをするという。

「麻布の叔母様が乗り気だっていうのは、どうして？」

雪子が尋ねる。「資産家のご令嬢なら、ほかにもいるでしょう？」

「成績がいいのですって。とくに語学と数学はずっと甲をとっているとか」

「あら、すごい」朝子が言い、「才媛ねえ」と雪子も言う。

「『金勘定もできないお姫様では困る』というのが麻布の叔母様の考えですからね。ことにこの家だと、世間知らずのご令嬢ではあっという間に傾いてしまうわ」

瀧川家は元来、裕福な大名華族だが、当代の侯爵――つまり鈴子の父が放蕩《ほうとう》の限りを尽くしているので、内証は心許ない。父は一族の心痛の種である。跡継ぎの嘉忠は父を反面教師として真面目な勤め人になったが、家庭を差配するのは嫁である。しっかりした嫁に来てもらいたい、というのが一族全員の願いであった。

加えて、鈴子たちが懸念するのは、嘉忠が『悪い女に騙されそう』な、ひとのいいところがあるからで、そういった意味でもしっかり者の嫁を求めているのだった。

華族の令嬢となると、得意なのは習字や琴といった分野で、語学や数学はそもそもたしなみとして必要とされていない。世が世ならお姫様といった人々なので、当然だろう。金勘定は彼女たちの仕事ではないのだ。

この点からしても、嘉忠の嫁選びというのは困難を極めている。瀧川侯爵家の嫁となるとそれ相応の家柄が求められるのだが、良家のご令嬢は箱入り娘で、あたりまえだが、世間知らずである。

それに――。

「嘉忠お兄様は、どうおっしゃっているの？」

鈴子が問うと、千津は片眉をあげただけで、答えなかった。

――乗り気でないということだ。

「問題は、そこよねえ」

朝子がため息をつく。

「会ってみるくらい、すればいいのに。案外気が合うかもしれないわ」

雪子が言うが、千津は「それがいやなんでしょう」とわかったふうに言う。

「気が合ってしまったら、結婚しないといけなくなるわ。それが怖いのよ、嘉忠さんは」

「案ずるより産むが易し、と言うのにねえ」

「鈴ちゃん、結婚もそう悪いものじゃないって、嘉忠さんに教えてあげなさいよ」

雪子が鈴子のほうを向いた。

「わたしが？」

「そうよ、鈴ちゃん」と朝子も加勢する。「結婚する前はずいぶん渋っていたじゃない。縁談だって、嘉忠さんとおなじで毎度断っていたでしょう」

「それが、いまじゃすっかり若奥様の顔だもの。こないだの食事会でも、とても仲がよさそうで」

「そうねえ、あなたが言えば違うかもしれないわね」

千津までがうなずいている。

「今度、花菱男爵と一緒に嘉忠さんとお食事でもして、説得してちょうだいよ」

「それがいいわ、孝冬さんからお話ししてもらえば、また違った考えになるかもしれないものね」

「そうそう、わたしたちが言ってもね、嘉忠さん、ちっとも聞いてくれないんだもの。口ではハイハイ言っているけれど」

鈴子は三人を順に眺める。

「――もしや、それを頼むために今日わたしをお呼びになったの？」

三人はおたがいに顔を見合わせる。

「あら、いやねえ、はじめから示し合わせたわけじゃないのよ」

「そうよ、話の流れよ」

朝子と雪子は口々に言うが、千津は黙って茶をすすっている。鈴子はため息をついた。

――ずいぶん、責任の重い頼まれ事を押しつけられてしまった。

とりあえず縁談相手の詳しい情報を聞いたものの、「孝冬さんはお忙しいかたですから、都合がつかないやもしれません」と釘を刺して、鈴子は帰ることにした。

帰りしな、鈴子はふと思い出し、

「千津さん、今年は朝顔をお求めになった？」

と訊いた。

「そうねえ、何鉢か買った気がするわ」

買ったはいいが、世話をするひとではない。下男任せである。かえって下男が朝顔に惚れ込んで、あれこれ工夫して新しい苗をこしらえたりしている。

「桐野《きりの》が今年も育てているわよ。見に行ってごらんなさい。気に入ったのがあれば、持って帰っていいわよ」

きっと千津に訊いても、買った朝顔の品種など覚えていないだろう。鈴子はタカをつれて、屋敷の裏へと向かった。広大な敷地の裏手には、使用人たちの家々が建ち並んでいる。桐野はまだ独身の青年なので、独身男ばかりが集まる長屋に住んでいた。独身の女中の長屋もべつにあり、所帯持ちは一軒家である。

桐野を呼んで、朝顔を見せてもらう。陽当たりのいい場所に大きな縁台をふたつもみっつも並べて、鉢を置いてあった。変化朝顔が多い。

「車咲牡丹ですか？　ええ、ございますよ。この辺ですね」

桐野は体の大きな、なかなか男前な青年で、瀧川家の治めていた地方の藩出身であるのに、生粋の江戸っ子のような雰囲気がある。つまり、鯔背《いなせ》な若者である。

「このふたつは、朝顔売りが持ってきた鉢ですよ。千津様は変化朝顔がお好きでね。こっちの納戸色のなんか、いかがです？　いい形をしてるでしょう」

そうすすめられた納戸色の車咲牡丹をもらって帰ることにした。田鶴が喜ぶといいのだが。

「でも千津様は、今年は朝顔より金魚ですよ。お屋敷にきれいなガラス鉢がありませんでしたか。あれをお客様にいただいたとかで、金魚をご所望で。ちょいと様子のいい金魚売りが通りかかったんで、呼んでみたら上等の琉金《りゅうきん》やら和金《わきん》やらを売ってましてね。初手から筋のいい金魚売りに当たりました。千津様は今その金魚売りを贔屓になさってますよ」

そういえば玄関ホールに金魚鉢が置いてあった気がする。すぐ奥へ通されたので、よく見ていないが。

「金魚も増えてきたんで、いっそ庭の池で飼おうかとおっしゃってます。そんでも、小さい金魚なんか、すぐ鳥に食われちまいますんでね。お屋敷で飼ったほうがいいですよと申しあげたんです」

「あら、じゃあ金魚鉢のいいのがあったら、持ってきましょうか」

そう言うと、桐野はうれしそうに顔をくしゃっとさせて笑った。この若者の笑うときの癖である。

「へい、そうしてくださると助かります。千津様もお喜びになりますよ」

では朝顔の鉢を車に運ぼう、となったとき、鉢に手をかけた桐野が、「そういや、お嬢様」と鈴子をふり返った。

「あ、いけねえ、もうお嬢様じゃあないんだった」と頭をかいてつぶやいたあと、「花菱の奥様、まだ怖い話はお好きなんで？」と尋ねた。

桐野は鈴子が怪談を聞きによその屋敷に向かうとき、従者として付き添っていた男である。

「ええ、まあ、好きだけれど――どうして？」

「こないだ金魚売りから話を聞いたんで。神田川沿いに女の幽霊が出るらしいですよ」

鈴子は目をしばたたく。

今日は思わぬ話ばかり耳にする日だ。そう思った。

せっかくの日曜ながら、鈴子が実家に帰っているので、孝冬は花菱邸で暇を持て余していた。結婚前は休日でもひとりで過ごすのが当たり前だったのに、いまはなにをしていいのかわからない。出かけようという気にもならなかった。

客人が孝冬を訪ねてきたのは、そんな折である。部屋でぼんやりしていた孝冬は、来客の知らせに息を吹き返したように立ちあがった。約束をしていない相手だが、孝冬もよく知る降矢氏の知人だというので、会う気になった。

応接間では、ひとりの男性が待っていた。

「曽根丈吉《そねじょうきち》と申します」

そう名乗った相手は四十がらみの紳士で、日本橋の美術商だという。

「降矢さんと波田《はた》さんから花菱男爵のお話をうかがいまして、ご相談できればと――」

波田氏は以前、孝冬が依頼を受けた相手である。硯箱《すずりばこ》に憑いた幽霊を祓ってほしいという……いや、正確には硯箱の出所を知りたい、だった。

「美術商ということは、波田さんの硯箱の件をお聞きになったのでしょうか」

波田は出所を知ろうと、降矢を通じて旧家の売立《うりたて》を多く扱う美術商に訊いてもらったと言っていた。

曽根は穏やかに微笑した。温厚な雰囲気を漂わせている紳士である。

「はい、さようです。あいにく、硯箱の来歴については波田さんのお役には立てなかったのですが……。そのあと、硯箱に幽霊が取り憑いていたのだというお話を聞きまして、今回、私もご相談に参った次第です」

旧家の売立を任せられるのもうなずける、信頼の置けそうな佇まいと口調だった。卑俗な感じがまったくしない。もしこれで金の亡者だとしたらそうとうな役者だが、あの降矢が信用している相手なら、それもないだろう。

「ご相談をおうかがいしましょう。ただし、必ずお祓いできるとはお約束しかねます」

「承知しております。――相談と申しますのは、神田川沿いに出るという女の幽霊のことです」

「神田川ですか」

「はい。小石川《こいしかわ》の、武家屋敷が建ち並んでいた界隈で……近くには砲兵工廠《こうしょう》があります。北に徳川《とくがわ》様のお屋敷がありまして、北東には伝通院《でんづういん》が、西のほうには音羽の久世山《くぜやま》や目白《めじろ》不動があるあたりです。川の南側は牛込《うしごめ》で」

「ああ、なるほど」

小石川界隈の地図を思い浮かべ、孝冬はうなずく。

「その川沿いの木陰に、女の幽霊が佇んでいるそうです。私も何度かそこへ足を運んだのですが、実際に目にすることはできずじまいで……」

曽根は視線を落とした。

「見ていないものをなぜ信じているのかとお思いでしょうが、この話は近所では有名になっておりまして――ああ、申し忘れましたが、私はそのあたりに住んでいるのです。出入りの酒屋や贔屓にしている金魚売りなどにも訊いてみましたが、皆知っておりました。実際に見たという者は少数ではありますが、おります」

力説するように言う曽根に、孝冬はうなずき返す。

「わかりました。しかし、なぜその幽霊を祓ってほしいとお考えなのですか？　怖いからですか？」

曽根はまた、うつむいた。しばし己の手を見つめている。孝冬は彼が口を開くのを待った。

「……なにから、どう話せばいいのか……。順を追ってお話しします。私は若いころ、金魚売りをしておりました。親は早くに死にまして、おなじ長屋に金魚売りのおじさんがいたものですから、そのひとに商売を教わりました。金魚問屋を紹介してもらって、道具を借りて……生き物ですから死なせると大損ですが、そこにさえ気をつければ、割のいい商いでした。半台《はんだい》に入った水を揺らさずに歩くのは、慣れるまでたいへんでしたが――」

なつかしげに語っていた曽根は、われに返ったように「ああ、すみません。横道に逸れました」と謝る。

「いえ、かまいませんよ」

「いえいえ……歳をとると、つい、話が長くなってしまって。金魚売りをはじめた私は、幸運なことに得意先が何軒かできまして、そこを回れば高い金魚が売れますので、助かりました。そのうちの一軒に、内藤《ないとう》様という、小石川に住む元旗本のお家がありました。そちらは得意先といっても、そう高い金魚を欲しがるわけでも、毎度金魚をお買い上げになるわけでもなかったのですが――金魚は餌《えさ》や浮草がいりますから、たいていはそうしたものをお買い上げでした」

「へえ、そうしたものも売ってるんですね。私は金魚を買ったことがないもので」

孝冬は生き物全般が苦手である。とくに小さな生き物は、ちょっとしたことで死んでしまいそうで怖い。鈴子のために猫か犬でも飼うべきかと思ったこともあるが、鈴子も欲しがらないし、孝冬もそんなふうだしで、結局提案もしていない。

「餌は赤子子《ぼうふら》で、浮草は松藻ですが、毎朝仕事前に溝《どぶ》を漁ればいいだけで、元手がかかりません。それを半台の上にのせて持っていくと、それなりの稼ぎになりました」

曽根は楽しげに話す。

「ええと、それで——そうそう、小石川の内藤様です。そこではご当主がすでにお亡くなりで、奥様とお嬢さんのふたり暮らしでした。使用人もいません。おふたりは縫い物の内職をしておいででしたが、暮らし向きは楽ではなさそうでした。そんななかでも早苗《さなえ》さん——お嬢さんの名前です、彼女は金魚がお好きで、小さな赤い金魚を大事に育てていました。心の慰めになっていたようです。金魚鉢は立派なものがありましたよ。旗本だったご先祖のどなたかが、やはり金魚好きだったようで、その当時のもののようでした。大きくて立派な金魚鉢に、小さな金魚が泳いでいるのが、なんともさびしそうに思えました。それを眺める早苗さんも、やはりさびしそうでした」

それを語る曽根も、どこかさびしげな、かなしげな目をする。

「私もなんだか気の毒になって、ときおり売れ残った餌やら浮草やらをわけてましたよ。いや、気の毒というよりは、まあ——有り体《ありてい》に言えば、好いていたんですね。おなじ年頃の、きれいな娘さんでしたから。顔かたちもきれいではありましたが、清潔な雰囲気がありましてね、そこが美しかったですね」

曽根は照れたように笑った。

「いや、年甲斐もなくお恥ずかしい。内藤様のお宅は神田川近くにあったものですから、私は行商の途中、川岸でときおり早苗さんを見かけました。早苗さんはなにをするでもなく、川を眺めていました。早苗さんも私に気づいて、そこで会えば話をするようになりました。最初のころは立ち話でしたが、そのうち荷を置いて、腰をおろして、話し込むようになりました。ふたりして川辺に座って、川を眺めて。話していたことは覚えていません。たぶん、たわいない話でした。そんな日々がつづいたあるとき、内藤の奥様が病に倒れて、お亡くなりになりました」

曽根の顔に陰鬱な影が落ちた。

「そのあとすぐに、奥様の妹だという婦人が現れて――早苗さんの叔母さんですね、そのひとから、早苗さんはお金持ちのところへ嫁ぐことが決まったから、彼女のことを思うなら、もうここへは来てくれるな、と言われたんです。突然のことで驚きましたが、母親の亡くなった早苗さんの前途を思うと、なるほどそれがいちばんいいように思えました。私など、しがない金魚売りに過ぎませんからね。早苗さんの邪魔をしてはいけないと思いました。言われたとおり、私はもうそこへは行商に行くことも、ふらりと川へ立ち寄ることもしませんでした」

ふう、とそこで曽根はひとつ息をついた。出されていた茶を飲み、ふたたび口を開く。

「私はそのあと、得意先だった美術商のおじいさんに見込まれて、養子になりました。それが曽根の家です。ご存じでしょうが、美術商は明治のころは西洋との商いが盛んでしたし、大正に入ってからは華族などの旧家が伝来の家宝を放出して、それを新興の財産家が高値で買おうとします。時勢に恵まれて、私は商売を広げました。それで、最近になって私は小石川に屋敷を建てたんです。内藤家のあったあたりの土地を購入しまして。――ええ、そのころ、内藤家の屋敷自体はありましたが、見るも無惨な空き家になっておりました。ご近所の顔ぶれも変わっておりまして、早苗さんもどこへ嫁いだのか、ようとして知れません」

孝冬は、曽根の言いたいことをうっすらと察した。曽根は両手を組み、その手を見つめている。

「幽霊の噂は、ずいぶん前からあったそうです。私は引っ越してから知りましたが。もしや――もしや、その幽霊というのは、早苗さんなのではないかと、私はそう思うんです」

「なぜです？」

孝冬は淡々と訊いた。

「幽霊の出る場所というのが、よくふたりで過ごした場所で……川辺の木陰、座って話していた場所です。それに、話に聞く幽霊の姿が、どうも早苗さんのように思えて。着物の色柄だとか、そういったことです」

それだけでは幽霊が早苗とは断定しがたいが、幽霊がいるのはたしかなようだ。

「私がこの目で確かめられたらよかったのですが……どうも、見える者と見えない者がいるようで」

悔しげに曽根は言う。孝冬は軽くうなずき、「わかりました。一度、その場所へ行ってみます」と答えた。

はっと曽根は顔をあげる。

「ああ、ありがとうございます」

身を乗りだし、がばりと頭をさげた。「どうか、よろしくお願いします」

孝冬は、「最初にも言いましたが、お祓いできるとは限りませんから」と言いつつ、さて、どうしたものか――と思案していた。

＊

鈴子が帰宅すると、孝冬から神田川の幽霊の話を聞かされた。

「あら……、わたしも赤坂の家でそのお話を耳にしたところでございます」

金魚売りが下男にした話だと言うと、孝冬は合点がいったようにうなずいた。

「きっと、曽根さんのところにも出入りしている金魚売りでしょう。贔屓の金魚売りも知っていたと言っていましたから」

世間は広いようで狭いものである。

「近いうちに小石川へ行かねばなりませんが——まずは鈴子さんが確かめてきますか？」

訊かれて、鈴子はしばらく考えた。まずは鈴子が、と孝冬が言うのは、彼が同行すれば、淡路の君が幽霊を襲うかもしれないからだ。

しかし——。

「お急ぎのようでしたら、わたしひとりで向かいます。でも、そうでないなら、一緒に行きませんか」

孝冬は意外そうに目をしばたたいた。「もちろん、かまいませんが……。よろしいのですか？」

「考えていたのです。どちらがいいのか。ここ最近は幽霊から淡路の君を遠ざけようとしておりましたが、それでいいのかどうか、わからないのです」

鈴子が吐露すると、孝冬は表情を引き締め、鈴子の顔を覗き込むように前のめりになった。話をよく聞こうという体勢だ。

「いくら離そうとしても、淡路の君に幽霊を与えねばならぬときは来ます。そのときに与えるものを選ぶのは、あまりに傲慢な行為に思えるのです。それによって花菱家は権力者の利益を図ってきたのでしょうけれど……」

いい幽霊も、悪い幽霊もない。死んでしまえば、皆等しく哀れだ。鈴子はそう思う。だからこそ、それを選別するような真似をしたくはない。

「なるべくなら、幽霊の心残りを除いて、成仏させてやりたい――でも、それもきっと、生きている者の傲慢さでしょう。死者の理屈は、生者の理屈とは違うのかもしれない。淡路の君に食われるのがかわいそうだと思うのも、生者の勝手なのかもしれない……」

話しながら、鈴子はなにを言いたいのか、よくわからなくなってきた。だが、孝冬は辛抱強く鈴子の話に耳を傾けている。急かさず、言いたいことを汲《く》もうとしてくれていた。

「わたしは、淡路の君のことを、まだよく知らない」

そう言葉にして、はじめてわかった。淡路の君がなぜ幽霊を求めるのか、知りたいのだ。なぜ食らうのか。なにを思って食らうのか。それを知りたい。だが、いまは知るすべがない。

「淡路島ですこしばかり淡路の君のことを知って、ほんのわずか、彼女の輪郭が見えてきたように思えて……もっと知らなくてはならないのだと思いました。彼女が食らう幽霊、そうでない幽霊、その違いも」

「淡路の君に選ばせる——と、おっしゃるのですね」

孝冬が静かに言った。鈴子は顔をあげる。孝冬はまっすぐ鈴子を見ていた。

「それでは、おつらくはありませんか」

鈴子はかぶりをふった。

孝冬がいままで味わってきたつらさを思えば、つらくなどない。彼はこれまでたったひとりで、淡路の君と対峙してきたのだ。

「淡路の君に、もっと近づきたいのです」

そう告げると、孝冬は「わかりました」とうなずいた。

「あなたのお気持ちのままに。でも、つらくなったらおっしゃってください。わからないことだらけですから、いろいろと試行錯誤しましょう」

微笑を浮かべる孝冬に、鈴子もかすかな笑みを返した。

「では、小石川へ行くのは来週にでもしましょうか」

「ええ」言って、鈴子はそういえば、と思い出した。「わたしも、頼まれ事があったのでした」

「頼まれ事？　ご実家で、なにかありましたか」

「嘉忠お兄様に縁談が持ち上がっているのです。当人は乗り気ではないのですが」

「ああ、なるほど」と孝冬は笑った。「それで、乗り気にさせてほしいとでも？」

「難しいように思いますけれど。ああ見えて嘉忠お兄様のほうが、嘉見お兄様より頑固ですもの」

「あの手のひとは、用心深い。ひとはいいが真面目なぶん、おいそれと胸襟を開かないでしょう。――お相手は、どちらのお嬢さんなんです？」

「渡様という女学生だそうです。甲州財閥のお家の。わたしはよく存じませんが、孝冬さんならおわかりかしら」

「甲府の渡といえば、商社や観光業のほか、電力やら鉄道やらにも手を広げている実業家一族ですよ。勢いがある。へえ、あの家ですか」

「評判はいかがでございましょう」

「悪い話は聞きませんよ。あくどい手を使って商売を広げているわけではありませんから。創業者がやり手で、その弟や息子も実直な商いをするひとたちです。お嬢さんの話まではよく知りませんが」

　ふむ、と孝冬は顎を撫でる。

「悪くない縁談だと思いますね。瀧川家にとっても、渡家にとっても。仲を取り持てるならそうしたいところです」

おそらくそれは、孝冬の商売上でも有益だということなのだろう。そういう算段をしている顔だった。

「ただ、よく知らない相手を大事な義兄上《あに》にすすめるわけにもいきませんからね。すこしばかり調べてみましょう。渡家とそのお嬢さんについて」

「女学校での成績はとても優秀だそうです。数学と語学がとくにいいそうで、麻布の叔母様が気に入ってらっしゃるとか」

「ああ、麻布の。あのかたのお眼鏡にかなったのなら、優秀なお嬢さんなのでしょうね」

孝冬は笑っているが、彼もまた、麻布の叔母を通して鈴子との縁談を進めようとしたのである。

――そう思えば、麻布の叔母様の目はたしかだということになるけれど……。

「甲州財閥系なら、降矢さんに訊けば内情もよくわかるでしょう。訊いてみます」

そう言って、孝冬はすこし思案顔になった。

「なにか？」

「いえ、なにかと降矢さんと縁があるなと思っただけです」

「そういえば、そうでございますね」

「降矢家は……というより降矢篤《あつし》さんは、燈火教が嫌いでしょう?」

「そうですね」鈴子はすこし首をかしげた。否定の意味ではなく、孝冬の言わんとするところがわからなかったからだ。

降矢篤は、妹が燈火教にのめり込んでいたので、かの教団を嫌っている。それは間違いない。

「それなら関係ないだろうと判断していたのですが、降矢家はもともと養蚕で栄えた豪農でしたから、生糸商ともかかわりが深いかと」

孝冬の言いたいことがようやくわかった。

「鴻さんですか」

「彼は八王子の縞買《しまかい》でしたからね。いまも織物業を営んでます。生糸貿易も昔していたのではなかったかな」

鴻夫妻が燈火教と以前通り深いつながりがあれば、篤はおそらく彼らには近づかない。仕事上のつきあいがあったとしても。しかし、鴻夫妻が燈火教と袂を分かったというのが事実であるなら――。

「さすがに考えすぎではございませんか。養蚕業に携わる商人は多うございますよ」

「それもそうですね」

孝冬はあっさり引き下がった。両者に関係があると、本気で思ったわけでもないらしい。

「では、私は渡家について調べましょう。そのうえで、おすすめできると思ったら嘉忠さんと食事でもしましょうか」

「ありがとうございます」

おすすめできるならいいのか、悪いのか、鈴子にはよくわからなかった。結局は、嘉忠次第だ。


つぎの日曜日、鈴子と孝冬は小石川に向かい、曽根の案内で神田川沿いを歩いた。後方では砲兵工廠の煙突から煤煙《ばいえん》が立ちのぼり、あたり一帯の空を覆っている。煤のにおいがうっすらと漂っていた。視線を川のほうへ投じれば、川沿いの木々が緑の葉をそよがせ、川面は穏やかに輝いて美しい。

「噂では、このあたりだということですが――」

曽根は立ち止まる。陽光を照り返す川面がまぶしいようで、目を細めている。

鈴子はうなずいた。曽根の奥に見える松の木陰に、女の姿があった。

女は川のほうを向いて、ぼんやりと佇んでいるように見えた。猫背気味で、心持ち顎を上向けている。髷は島田に結っているが、ひどく崩れて髪が幾筋もほつれていた。おそらく四十か五十くらいの年齢ではあるまいか。顎下の肉はたるみ、濃い化粧がかえって肌の荒れようを目立たせており、女の不摂生を物語っていた。白粉《おしろい》は汗でところどころ剝げている。腫れぼったい目に低い鼻と、美しい顔立ちとは言えないのだが、どこか目を惹くところのある婀娜《あだ》っぽい女であった。あきらかに堅気の女とは思えないのに、着ている着物だけは妙に品がよい。しかし若い娘向けの色柄だった。桃色の地に華やかな薬玉《くすだま》と四季折々の花が裾あたりに描かれている。

——話に聞いた早苗さんとは思えないけれど……。

早苗は、清潔そうな美しい娘だと聞いている。歳をとった姿にしても、雰囲気はかけ離れていた。

鈴子はかたわらの孝冬をちらと見あげる。彼も幽霊を見て、何事か考え込んでいるようだった。

——淡路の君は、出てきそうにない。

特有の香りがしない。どうやら、今回の幽霊は、彼女の好みではなかったらしい。恨み辛みの深い幽霊ではないということだろうか。それとも、ほかに理由があるのだろうか。

「どうです？　いますか？」

曽根が不安そうに訊いてくる。孝冬が彼のほうに向き直り、「いますが、年増の女ですよ。芸娼妓あがりのように思えます」と答えた。

「年増の……早苗さんが歳をとった姿とは考えられませんか」

「私は早苗さんの顔を知らないので、なんとも。着物は桃色の地に薬玉の、若い娘が着るようなものを着ていますが」

はっと、曽根の目が見開かれた。

「それは、早苗さんが大事にしていた晴れ着です。一度、見せてもらったことがあります」

孝冬は腕を組んだ。

「ということは、あれはやはり歳をとった早苗さん……？　しかし雰囲気がずいぶん違いますね」

あの幽霊の様子は、荒《すさ》んでいる。早苗当人だとすると、ずいぶん苦労の多い暮らしを送ってきたのだろう。

曽根がかなしげな目をした。

「裕福な相手と結婚したとばかり思っていましたが、違ったんでしょうか。早苗さんは、いったい……」

「早苗さんのその後は、まったく調べようもありませんか？　当時の知り合いなどは」

「当時このあたりに住んでいたひとは、あらかたよそへ移るか亡くなるかしているようで……でも、私もしらみつぶしに調べたわけではないので、もしかしたらご近所にまだいるかもしれません」

「では、そちらをあたってみてはいかがです？　どうも、いまの状況ではお祓いは難しそうです」

「そうですか」曽根は肩を落とした。

「あの幽霊の身元がはっきりすれば、あるいはどうにかできるやもしれませんので。私も調べてみましょう」

曽根が目を丸くする。「花菱男爵もですか？　なにを――」

「このあたりで起こった事件を、です。なにかしら死者の出る事件があって、あの幽霊はここに出るのではないでしょうか。少々伝手がありますので、調べてみます」

「そこまでしていただけるのですか」

曽根は感激した表情を隠さなかった。感情がそのまま出やすいひとのようだ。裏表のなさそうな、好人物である。会ったばかりの鈴子ですらそう思う。おそらく商売でも、こうした人柄が功を奏しているのだろう。

よろしくお願いします、と曽根は丁重にお辞儀をして立ち去り、鈴子と孝冬もまた、帰宅するべく車へ向かった。

伝手というのは、五十嵐のことである。孝冬はさっそく彼に頼み込んだ。「俺は便利屋じゃねえぞ」と文句を垂れながらも、先日の棚橋家のこともあり、五十嵐は調べてくれた。

「一度ごあいさつをしたいのですが」と鈴子が言うので、孝冬は五十嵐を花菱邸での夕食に誘った。五十嵐は「お屋敷で食事なんか、緊張するからいやだ」と言いつつ、興味もあるようで、結局承知した。

五十嵐をつれて帰宅した孝冬を出迎えた鈴子は、黒地の夏御召に身を包んでいた。銀鼠《ぎんねず》の亀甲《きっこう》文様が大きく配置された着物で、亀甲のなかには秋草が織り出されている。帯は白地に銀箔で月が表されており、ぽつりと桔梗が刺繡されていた。桔梗の紫だけが鮮やかな色として目に残る。上品だがかしこまったふうではない、落ち着く装いだった。五十嵐が緊張せずにすむようにとの気遣いだろう。

「平生、主人が世話になっているそうで、ありがとうございます」

淡々と簡潔なあいさつをした鈴子に、五十嵐は彼に似合わずしどろもどろで「お噂はかねがね……」と返した。鈴子がちらと孝冬を見る。『なにを噂していたのか』とその目が言っている。

「変なことは言ってませんよ」

孝冬はあわてて弁明する。

「こいつは結婚してからというもの、あなたのことばかりですよ」

五十嵐はにやにやと孝冬を指さした。ふだんの調子を取り戻したらしい。

孝冬は咳払いをして、五十嵐がよけいなことを言う前にさっさと食堂へつれていった。

食堂はそう広くもない。この屋敷を建てた祖父は、客人を招いての晩餐会などするつもりがなかったらしい。中央に大きなテーブルがひとつ、置かれた椅子は七脚。ほかに調度類はない。卵色の壁紙に、やさしく淡い筆致で薔薇を描いた油絵が飾ってある。漆喰《しっくい》に葡萄《ぶどう》の浮き彫りのある天井からはガラスのシャンデリアがぶらさがり、その下には瑞々《みずみず》しい芙蓉が花器に生けられていた。レースに縁取られたテーブルクロスは、輝くように白い。

五十嵐はさすがにいささか緊張した面持ちでいたが、まず運ばれてきた料理が麦酒に蛸《たこ》と胡瓜の酢の物、焼き茄子といったものだったので、目を丸くしていた。

「お好きだとうかがいましたので」と鈴子は言う。

「そりゃまあ、好きですがね……」五十嵐は複雑そうな顔で麦酒を飲み、箸をとる。そのうち酒が回ってきたのか、緊張もほぐれた様子で舌がなめらかになってくる。

「横浜にいたころは、こいつもこんな澄ました顔はしてませんでしたよ。けっこうな悪童でね」

「それはおまえだろう」

まったく、放っておくとどんなほらを吹くかわからない。孝冬は次々と料理を運ばせる。あとの料理は鰺のたたきに鱸《すずき》の味噌焼き、潮《うしお》汁に茶碗蒸し、烏賊《いか》の炊き込みご飯などだった。冷酒もつける。五十嵐は実にうまそうに飲み食いしていた。鈴子は鱸の味噌焼きがとくに気に入ったようで、いい顔をしている。

食事がすんだあと、応接間に移り、本題に入る。

「あの川沿いで起きた死亡事件、一件あったぜ」

茶を飲んでひと息ついてから、五十嵐はそう切り出した。ポケットから古びた手帳をとりだす。彼は調べたことはなんでもそこに書いている。

「十年前だな。川岸で女の刺殺体が見つかった。殺されたのは待合茶屋《まちあいぢゃや》のおかみで、落合《おちあい》益枝《ますえ》という。この益枝は内藤家の亡くなった内儀《ないぎ》の妹だとかで、当時、内藤家に住んでいたらしい」

「内儀の妹……」

つまりは早苗の叔母だ。曽根の話に出てきた、『早苗はお金持ちに嫁ぐことになった』と言ってきた女である。

――それが殺されていた。

では、あの幽霊は、早苗ではなく益枝なのだろうか。

「益枝が、どういういきさつで死んだ姉の嫁ぎ先に住むようになったのかは知らん。益枝のほかは住んでいる者はおらず、しばしば男が訪ねてきていたんだと」

「内藤家の娘さん――早苗さんは？」

孝冬が問うと、五十嵐は「わからん」とだけ答える。

「益枝はなにかと悪い噂のあった女でな。華族の親戚だとかいう南条《なんじょう》って男とつるんで、強請《ゆす》りたかりまがいのことをしていたらしい。益枝のもとを訪ねてきていた男ってのは、こいつだろう。怨恨、あるいは仲間割れ、痴情のもつれ、理由は色々ありそうだが、いちばん疑われたのは南条だ。しかし、犯人は結局わからずじまい、未解決だ」

「その南条とやらは、なぜ犯人候補から外れたんだ？」

「決め手がなかったみたいだな。凶器もわかってないし。匕首《あいくち》だろうと言われているが、現場からも南条の家からも見つからなかった。あとはまあ、華族の親戚だってので、及び腰になったのかもな」

「華族の親戚というのは、事実なのか？」

「まさか」五十嵐は鼻で笑う。しかし、すぐに首をひねった。「いや、まあ、まるきり縁がないってわけでもないんだが。華族の分家の親戚なんだ。分家でも爵位を授与されることもあるが、そこは無爵の家で、しかもその家に嫁いだ女性の側の血縁者だから、華族の親戚というには遠い」

「じゃあ、警察だって及び腰にはならないんじゃないか」

「そうかもな。でも、どっちにしても、もうしょうがないんだよ」

「しょうがない？」

「死んでるんだ。南条は。四、五年前だったかな――ああ、そうだ。五年前だな」

手帳を開き、五十嵐は確認する。

益枝を殺した犯人だったかもしれない南条は、五年前に死んでいる。

孝冬は腕を組み、考え込む。その横で、鈴子が「よろしいですか」と声をあげた。

「ええ、どうぞ」と五十嵐が鈴子を促す。

「警察のかたは、早苗さんの行方をおさがしにはならなかったのでしょうか」

「さがしたものの行方知れず、という結論のようです。ほんとうに嫁いだのか、嫁いでないのかも不明です。それに、さっきも言いましたが、いちばん疑わしかった南条が死んでますからね」

鈴子はうつむき、黙り込む。なにか考えている顔だ。孝冬は代わりに口を開いた。

「南条が親戚だと吹聴していた華族というのは？」

ああ、と五十嵐は手帳に目を落とす。

「久我《こが》家だよ。久我侯爵家。よりによって、侯爵家ときたもんだ」

鈴子が身じろぎした。孝冬は彼女をふり返るが、表情にあまり変化は見られない。だが、明らかに久我家に反応をしていた。

「どうかしましたか、鈴子さん」

「いえ……」

鈴子は逡巡《しゅんじゅん》するように視線を左右に揺らした。

――いまこの場で言葉にするのは、ためらいがあるのかもしれない。

そう思い、孝冬は鈴子の手袋をした手に軽く自分の手をのせた。『あとで聞きます』という意味だった。鈴子はちらと孝冬を見て、うなずいた。

「南条って男が気にかかるなら、もうちょっと調べてみるよ。早苗さんについても」

五十嵐が言い、手帳をポケットにしまう。川辺での事件については、これでぜんぶのようだ。孝冬が礼を言うと、それをしおに五十嵐は腰をあげる。

て去っていった。

「鴛鴦《おしどり》夫婦って言葉が似合いだな」

見送りのため玄関の外まで出てきた孝冬に、五十嵐は言った。

「いや、比翼連理《ひよくれんり》のほうがしっくりくるかな」

孝冬は黙って微笑を浮かべる。五十嵐は孝冬の腕を軽くたたくと、快活な笑い声を残し

五十嵐を見送った孝冬は、鈴子とともに夫婦ふたりの部屋へ戻った。

「銀六さんが、華族のお屋敷に勤めていたとお話ししたことがあったかと思います」

長椅子に腰をおろしながら、鈴子は言った。孝冬は鈴子の隣に座り、彼女の顔を覗き込むように話を聞く。銀六というのは、鈴子が浅草の貧民窟で一緒に暮らしていた人々のなかでも、とりわけ頼りにしていた人物だ。頭がよく、面倒見もよかったらしい。

「わたしもはっきりとわかっているわけではなく、記憶もおぼろげなのですが……」

そう自信なげに断り、鈴子は話をつづける。

「貧民窟のようなところには元締めがいるものですけれど、わたしたちの暮らしていたあたりの元締めは、按摩《あんま》でした。ご存じかと思いますが、かつて按摩を束ねていたのは久我家です。検校《けんぎょう》の免状を出していたのが久我家ですから」

「ああ、公家の家職ですか。免許料が貴重な収入源になっていたという」

　鈴子はうなずく。公家にはそれぞれ芸道や学問の家職があり、それを一般に教えたり免許料をとったりすることで、いくらかの収入を得ていたのである。明治になってから廃止されてしまったが。

「元締めは、久我家の親類となんらかのつながりがあったようで、ほうぼうに顔が利くひとでした。だからこそ元締めだったのだと思います。わたしの覚えているかぎりでは、親類といっても分家のそのまた分家のような、遠い親類だとか、そんな噂でした。それでも貧民窟にいる者にとっては、雲の上の存在です」

　久我家の分家の、そのまた分家のような――。孝冬の脳裏にさきほど五十嵐から聞いた話がよぎる。南条という男。

「銀六さんは、元締めの按摩と知り合いだったようで、それで浅草に住みはじめたのです。でも、不思議でしょう。華族のお屋敷に勤めていた銀六さんと、貧民窟の元締めが、いったいどこで知り合ったのか」

　鈴子は孝冬を見あげた。孝冬は口を挟まず、うなずいて話のさきを促す。

「銀六さんが知り合いだったのは、按摩とつながりのあった久我家の親類なのではないでしょうか」

「つまり、銀六さんが勤めていた家が、その久我家の親類宅なのでは——と。いや、銀六さんが働いていたのは華族のお屋敷でしたか。それなら久我侯爵家か、分家の男爵家……」

「華族のお屋敷で働いていた、というのは大げさに言ったことなのかもしれませんが」

「いずれにしても、久我家とかかわりのある場所で働いていたのでは、ということですね」

ふむ、と孝冬は腕を組む。「久我家で働いていたかどうかは、訊いてみればわかるでしょう。『うちで雇う予定の者が、以前そちらに勤めていたと言うのだが、事実だろうか』——といったような問い合わせで」

「ですが、苗字がわかりませんし、名前も偽名かもしれません」

「まあ、そのへんはうまいこと訊きましょう」

年頃と風体から、該当者がいないか調べてもらおう。御子柴から久我家の家令か執事あたりに訊いてもらうのがいいか、と孝冬は思案する。

銀六はどうも、使用人のなかでも上位の者だったのではないか、と孝冬は推測している。となれば、そんな人物が貧民窟で暮らさねばならぬほど転落するような、よほどの事件がふりかかったのではないか。そんな事件なら使用人のあいだではよく知られているだろう。

――そこから、彼らが殺された事件の糸口が見つかるかもしれない。

「南条というひとは、かかわりがあるのでしょうか？」

鈴子が自問するようにつぶやく。

「そこまで一足飛びにつなげるのは、拙速に思いますが……。可能性はあるでしょう」

元締めの按摩は南条とつながっており、銀六は南条とかかわりがあった。だから浅草に住み着いた。そういう可能性はあるだろう。だが、なにぶん南条という男の得体が知れない。

「ただ、華族のお屋敷の使用人だって、貧民窟の元締めと知り合う機会もあるとは思いますよ。賭場で身を持ち崩して、とか」

「ああ……」鈴子は納得するようにうなずく。「たしかに」

「五十嵐が引きつづき南条についても調べてくれますから、もし銀六さんとつながりがあれば、なにか出てくるかもしれません」

「早苗さんについても、なにかわかるといいのですが」

鈴子はうつむく。

「そうですね」

鈴子がうつむき、暗い顔をする理由は、孝冬にもわかる。いやな予想をしてしまう。

益枝が殺されたように、早苗もまた、殺されているのではないか——。

翌日、曽根が孝冬の会社のほうへやってきた。孝冬も、五十嵐が調べてくれた内容を知らせなくてはと思っていたので、ちょうどいい。

「出入りの金魚売りが、近所に昔から住んでいるという老人を教えてくれまして」

曽根がまず報告する。

「金魚売りに、『この近所で昔から長く住んでいるひとがいたら教えてほしい』と言っておいたのですが、それでわざわざ行商のかたわら、さがしてくれたのです。——その老人というのは、金魚を買ってくれたことは一度もないそうで、私が金魚売りをしていた当時も見かけたおぼえがありませんでした。話を訊いてみたら、金魚だけでなく、生き物全般に興味がないそうで」

ついでにひと付き合いも好まない、人間嫌いでもあるという。孝冬の頭には偏屈そうな頑固親父が思い浮かぶ。

「ただ、内藤家のことはおぼえてくれていました。『小ッ旗本あがりにはめずらしい、気立てのいいお内儀と娘さんだった』と——」

旗本だった家柄の者は権高《けんだか》で鼻持ちならないと、昔は悪口を言われがちであった。最近では元旗本だなんだという物言いもなくなったが。

「父親に死なれてしまって、気の毒だとも思っていたそうです。それが母親まで亡くなって、どうするつもりだろうと、ふだんは近所付き合いもろくにしない自分でもさすがに気がかりだったと。どうやら嫁ぐらしいと近所のひとが言っていたのを聞いて、安心していたそうなんです。しかし——」

どうも妙だ、と思ったのは、早苗が内藤家の屋敷を去ったあとだった。

「死んだ母親の妹だという女が住みはじめたそうです。私が会った例の女でしょう。ほかにあの家屋敷を継ぐ者がおらず、早苗さんからぜひにと言われて住むことになったと、くだんの女は近所へ触れ回っていたそうです。それはまあ、そういうものかと思ったそうですが、その女というのが、婀娜っぽい、芸妓あがりというか、芸妓くずれというか……といったふうで、だらしのないところがあって、男出入りが激しかったそうです。おまけに、その男たちがそろって柄の悪い連中だったそうで、近所の人々も眉をひそめつつも直接なにか言うことはなく、遠巻きにしていたとか」

なるほど、と孝冬は思う。益枝が内藤家に住み着いた経緯とその後の様子がよくわかる。

「その後、彼女は殺されたそうです。『どうせ男と揉めたんだろう』と老人は言ってましたが……。犯人は捕まったような、捕まってなかったような、記憶があいまいなようです」

警察は南条が犯人かと目星をつけたものの、結局逮捕できずじまいに終わったので、そういった記憶になっているのだろうか。

孝冬は五十嵐から聞いた話を曽根に伝える。

「そうでしたか、犯人は捕まらずじまいで……」

曽根は、ほう、と息をついた。

「じゃあ、あの川辺に出る幽霊というのは、早苗さんの叔母ということでいいのでしょうか」

「おそらくは。ご本人の写真を見たわけではないので、確実とは言えないのですが」

曽根は膝に手を置き、うつむく。考えていることは、孝冬にもわかる。

――では、早苗はどこにいるのか。

死んでいないことを祈りたい。

だが、祈るのは、それが絶望的であるとわかっているからだ。

＊

日曜の午前のことである。その日は夜に孝冬が仕事関係で出かけねばならない用事があったので、鈴子はそのための洋服を選んでいるところだった。

「旦那様、お客様がお見えです」

御子柴が来客を知らせにくる。孝冬が姿見の前に立ったまま、「誰だ？」と訊く。鈴子は彼のそばで両手にネクタイを持っていた。

御子柴の告げた名前に孝冬は心当たりがないようだったが、とある政治家の秘書だと言われて、「ああ」と納得していた。その政治家なら鈴子にもわかる。以前、市ヶ谷の屋敷の玄関に出る幽霊のお祓いを頼まれた件を思い出す。屋敷に住んでいた中嶋が秘書を務めていた『先生』である。

「なんの用で？」

「市ヶ谷の屋敷の件での御礼、とのことでございますが」

「御礼ならすでにもらっているけど」

そのあたり政治家というのは疎漏《そろう》のないもので、中嶋が依頼したこととはいえ、秘書のひとりが菓子折持参で丁寧な御礼を述べにきたのだった。

「改めて、とのことでございます」

「ふうん」

孝冬は明らかにいぶかしんでいる。鈴子もあやしいと思う。いまごろ、改めて御礼とはどういうことだ。ほかに用件があるのを隠したいとしか思えない。

孝冬はひとつ息をついた。

「しかたないな。会うよ」

「わたしも同席してかまいませんか。市ヶ谷のお屋敷の件でしたら、わたしも無関係ではございませんので」

どうも胡乱で、気にかかる。孝冬は「かまいませんが……」といくらか戸惑う顔をしたが、すぐに「鈴子さんがいてくださるなら心強い」と冗談を言って笑った。

応接間で待っていたのは、初老の男性だった。前回御礼に来たのとはべつのひとだ。きっちりとしたスーツ姿で、髪もひと筋の乱れもなく撫でつけている。鈴子を目にしても、「なぜ夫人までいるのか」といった表情はわずかばかりも見せず、恭しくあいさつの口上を述べた。

差し出された菓子折を受けとった孝冬は、

「それで、今日はどういったご用件ですか？」

と単刀直入に言った。

「先だって市ヶ谷の件で男爵にお骨折りいただいたことについて、厚く御礼を申し上げるよう、主から言付かってまいりました」

極めて慇懃《いんぎん》に秘書は言い、頭をさげた。

「御礼なら、あのあとすぐにいただいたと思いますが」

「いえ、それでは足りぬと主が申しておりますので」

孝冬はすこし首をかしげて、鈴子をちらとうかがう。鈴子も首をかしげざるを得なかった。この秘書が——ひいては主たる政治家がなにを言いたいのか、わからない。

「もしや、またあのお屋敷でなにかありましたか」

孝冬が訊くと、秘書は「いいえ、問題はございません」と答える。

——だったら、なんの用なのだろう。

ほんとうに重ねての御礼だけ、ではあるまい。

孝冬も鈴子も戸惑っていると、秘書のほうもそんなふたりに戸惑いの色を見せた。

こほん、と秘書は咳払いをひとつして、

「このところ、主の周辺を記者がうろついておりまして」

「はあ」

「五十嵐という記者なのですが——」

ああ、と孝冬は声をあげた。

「五十嵐なら、私の知人ですが、彼がなにか？」

秘書は得たりといった顔で、やや身を乗りだした。

「彼にはたいへん困っているのです。いえ、もちろん男爵のお知り合いにケチをつけようというのではないのですが」

つまり、なんとかしてほしいと頼みに来たということだろうか。

「はあ。しかし、私も彼の仕事について口を出すわけには」

「ですが、彼は男爵のお仕事に関連して動いているのではありませんか。幽霊のことで調べていると、五十嵐さんは――」

記者としての仕事ではなく、孝冬から頼まれた件でのことらしい。つまり、秘書の主人である政治家は、小石川のあの幽霊に関係しているということか。

「小石川の川沿いに出る幽霊のことでしたら、たしかに私が現在かかわっていますが、それがあなたの主人とどう関係が？」

秘書は顔をしかめた。

「関係などございません。それなのにあの記者ときたら、根掘り葉掘り、しつこくて」

「私は五十嵐に、あの川沿いで十年前に起きた殺人事件の被害者の身辺を調べてもらっています。これは私が彼に依頼したことです。彼に失礼があったなら、それは私の責任です。

申し訳ありません」

　秘書はあわてた。

「いえ、いえ、そんな――私どもはただ、つきまとうのをやめていただければ」

「ちなみに、どういった理由でつきまとっているのでしょう？　彼はなにを根掘り葉掘り尋ねているのでしょうか？」

「いや、その……」秘書は口ごもる。

「私は川沿いに出る幽霊が、その殺人事件の被害者だと踏んでいます。お祓いするために、情報が必要なのですよ。もしご存じのことがあれば、教えていただきたい。そうすれば、五十嵐にも今後そちら様にご迷惑をおかけするような真似はさせません」

「はあ、その――」

「もし先生の承諾が必要でしたら、うちの電話を使っていただいてけっこうですよ」

「いえ――」秘書は逡巡していたようだが、ひとつ咳払いをして顔をあげた。

「それには及びません。この件に関しては、私に一存されておりますので。主にはなんら疚しいことはございません。男爵でしたら、それを信じてくださるでしょう。では、事情をお話ししますので、どうかよろしくお願いします」

　秘書は深々と頭をさげた。

「十年前に殺されたというその婦人を、主は存じております。といいますか、一時期、彼女は政界、官界でひそかに有名だったのです」

といいますのも――と、そこで秘書は声をひそめた。そんな真似をせずとも、まわりにはほかに誰もいないのだが。

「待合茶屋のおかみというのがその女の表の職業でしたが、実際のところ、やっていたのは妾奉公の斡旋《あっせん》でした」

「妾奉公」

鈴子は思わず声に出してつぶやいていた。秘書が鈴子を見て、しまった、というような目をした。男爵夫人の前でする話ではなかった――という顔だ。

「わたしのことはお気になさらず、どうぞつづけてくださいませ」

秘書は孝冬のほうをうかがう。孝冬もうなずいたので、秘書はまたひとつ咳払いをして、話をつづけた。

「芸娼妓あがりの玄人《くろうと》ではなく、ふつうの娘を紹介するのが彼女のやり口でした。恥ずかしいことに、それをありがたがる者もおりまして、それなりに繁盛していたようでございます。しかしながら、そんな娘をどうやって用意してくるのか、その手段を思えばぞっとするお話で、道義を弁えた者なら、けっしてかかわり合いにはなりませんでした」

秘書はいかにも穢《けが》らわしい、といった調子で言う。

「そんな相手とかかずらってしまったら最後、強請りの種にされそうですしね」

孝冬が言うと、秘書はやや白けた顔をした。

「ええ、まあ、そういう考えからも、かかわらないのがいちばんです。主ももちろん、そのつもりでした」

つもり。ということは、かかわってしまったということである。その辺に話の肝があるらしい。

「仕事の会合があって、くだんの待合茶屋へ行ったことがございまして。そうしましたら、別室に呼ばれて、妾はいらないかとその女に言われたのだそうです。もちろん、断りました。主は愛妻家ですので、蓄妾は一度もしたことがございません」

秘書は胸を張る。

「存じてますよ。とても奥様を大事にされていると評判ですね」

孝冬がにこやかに言うと、秘書も満足げな表情をする。鈴子は政界には詳しくないが、孝冬の言葉はどうも額面どおりではないような気がした。

「ですので、断ったのです。座敷にいた娘さんも、よく状況を把握していない様子だったそうで、きっと騙してつれてきたのだろうと、気の毒になったと。それでも女のほうが食い下がってきますので、主はほとんど逃げるようにしてその茶屋から帰ったそうです。その女とかかわりになったというのは、神掛けてその一点だけでございます」

だから記者に追いかけ回されるような疚しいことはしていない――ということだろう。

それにしても、と鈴子は思う。

――座敷にいた娘さん。騙されて、つれてこられた……?

孝冬もおなじところに引っかかったのか、

「その妾に紹介されようとしていた娘さんというのは、どこの誰かはわかりますか?」

と確認する。秘書は、まさか、といったふうに目をみはり、かぶりをふった。

「見覚えもない、若いお嬢さんだったそうですよ。小綺麗な娘さんで、ぴしっと背筋が伸びていて、着付けの感じなんか、武家の出かと感じたそうですが。ですから、なおさら気の毒に思ったと」

元旗本かなにか、落ちぶれた武家の娘が困窮して、うかうかと騙されたのではないか、と思ったという。

――それは……。

鈴子は孝冬をうかがう。彼は考え込んでいる様子だった。黙ってしまった孝冬に、秘書は不安そうな目を向けている。

「――お話はよくわかりました。聞けてよかった。ありがとうございます」

孝冬はそう言い、愛想のいい笑みを浮かべた。

「五十嵐には、私のほうから言っておきます。もうお訪ねすることはないと思いますので、ご安心ください」

秘書はほっとした表情を見せる。丁重に頭をさげて礼をくり返し述べ、帰っていった。

「思いがけず、とんだ話が転がり込んできましたね」

孝冬は椅子の背にもたれかかり、息をつく。

「殺された益枝さんは、妾奉公の斡旋をしていた……」

鈴子はつぶやく。

――それも、どうやら素人の娘を騙して。

胃のあたりが重くなる。いやな気分だった。なぜ、女が女を食いものにするような真似ができるのか。

「早苗さんも、騙されたのでしょうか。お金持ちとの結婚だと」

「どうでしょうね。五十嵐が、なにかほかにもつかんでいるかもしれません。それに、あの政治家についてはもういいと言っておかないと」

孝冬は立ちあがった。

「五十嵐さんのもとへお出かけになるのですか？」

「ええ。あいつは宵っ張りで、昼まで寝ていますから、この時間だとまだ寝床ですよ。いまから訪ねていけばちょうどいい」

当然鈴子も行くつもりで腰をあげると、孝冬は、

「五十嵐は本郷《ほんごう》に住んでいるのですが、下宿は古くて汚いところですよ」

と、いったん引き留める。貧民窟で育った鈴子がそんなことを気にすると思うのだろうか。鈴子はかまわず、「早く出かけましょう」と言った。孝冬は苦笑して、今度はなにも言わなかった。


本郷には帝大があるので、学生の下宿屋が多い。五十嵐の住まいは、木造二階建ての古い下宿屋だった。その二階の一室に住んでいるという。階段をあがるとぎしぎし、ひどく軋《きし》む音がして、板を踏み抜いてしまうのでは、と鈴子はいささかひやりとした。

「五十嵐、起きてるか」

孝冬は部屋の板戸を乱暴にたたいた。戸が外れてしまうのでは、と鈴子はまた心配する。がらりと戸が開いた。はだけた寝間着姿の、眠たげな顔の五十嵐がいた。

「おまえなあ、いきなり、なに――」

文句を言いかけた五十嵐は、鈴子がいることに気づいて、寝ぼけまなこを見開いた。

「わっ、孝冬、おまえ、こんなとこに鈴子さんをつれてくるもんじゃない。汚いし臭いだろうが」

たしかに、五十嵐の部屋からは汗臭いにおいがむっと漂っている。だが、そこまでひどいものでもなかった。

五十嵐ははだけた寝間着の前を掛け合わせ、寝癖だらけの髪を押さえる。

「ここの道の角に、喫茶店があるだろ。ちょっとそこで待っててくれ。着替えてくるから」

「ちゃんと顔を洗ってこいよ」

「うるせえ」

五十嵐は毒づいて戸を閉める。下宿屋を出ると、たしかに路地の角に小さな喫茶店があった。行ってみると、それなりに賑わっている。どうやら学生御用達《ごようたし》らしい。品書きを見ればいずれも安かった。

孝冬は珈琲を、鈴子はソーダ水を注文する。陽が高くなってくると、やはりまだ暑い。注文した飲み物が運ばれてきたのとときをおなじくして、五十嵐がやってきた。紺絣に鼠色の袴姿である。顔を洗い髪をとかし、さきほどよりは、いくらかさっぱりした顔つきになっていた。

五十嵐は腹が減っているのか、ライスカレーを頼んだ。

「起きしなによくそんなものが食えるな」

孝冬があきれている。

「昨夜、晩飯を食ったのが七時過ぎだったんだよ。寝るときにはもう腹が減ってた」

ライスカレーはわりあいすぐに来た。大盛りである。五十嵐はうれしそうにさっそく頬張る。

「で？　今日は朝からなんの用だよ？　わざわざうちにまで来て」

「もう昼前だよ。――俺のところに苦情が来たぞ」

渋面の孝冬に、五十嵐はまるで心当たりのない顔で「苦情？」とご飯を口に詰め込んだまま言った。ご飯粒がいくつか飛ぶ。

「汚いから食べ終わるまで黙ってろ」

孝冬は、秘書が訪ねてきた経緯を話した。五十嵐は聞いているのかいないのか、ライスカレーを黙々と食べている。ときおり目線をあげたり、うなずいたりするので、聞いてはいるようだ。

孝冬が話し終え、五十嵐もカレーを食べ終わり、水を飲んだあと、

「そっちに話しに行くなら、俺に話してくれりゃあいいのになあ」

と不満そうに言った。

「おまえじゃ信用ならんと思ったんだろ、先方は」

「ひでえなあ。男爵って肩書きがありゃあ安心してべらべらしゃべるんじゃあ、その秘書も三下《さんした》だぜ」

口を割らせることができなかったので、悔しいのだろう。五十嵐はひとしきり秘書を罵倒する。

「しかし、そこまでよく調べたもんだな」

五十嵐の文句があらかた終わったところで、孝冬が言った。

「落合益枝が女衒《ぜげん》まがいのことをしていると」

「まあな」

さきほどまでと打って変わって、五十嵐は得意げに顎を反らした。

「益枝のやってた待合茶屋は、新宿の十二社《じゅうにそう》にあってさ。いまも建物自体は残ってるよ。茶屋じゃなく、芸妓家になってるが。そこらで昔のことがわかりそうな婆さんを見つけて、益枝について訊いたんだよ」

やはり老人は生き字引である。こうしたとき頼りになる。

「その婆さんは昔は芸妓をやっていて、そのあと芸妓家のおかみになったってひとで、いまは隠居してるんだがな、抱えの芸妓が益枝の待合茶屋の宴席に呼ばれたことがたびたびあったってさ。益枝の悪い評判は噂では聞いてたそうだ。まあ噂だから、証拠があるわけじゃねえ。それでも益枝には深くかかわり合いにならないようにしていたそうだ」

そこで聞いた話が、例の妾奉公の斡旋だという。

「悪党だよ、益枝って女は。妾の世話をしといて、あとで相手にうら若い娘を金で買っただの、素人の娘を無理やり妾にしただのと難癖つけて、強請ってたって噂もある。案外、その辺が理由で殺されたのかもしれないぜ」

話しながら、五十嵐は顔をしかめている。

「悪党だよ」と彼はくり返した。

「なんで姪にそんな真似ができるのかね。俺にはわからねえ」

「早苗さんがそうだとは――」

「そうだったんだよ」

孝冬の言葉を五十嵐は遮る。

「なんで言い切れるんだ?」

「聞いたからさ。直に」

孝冬はけげんそうに眉をひそめる。「その十二社のお婆さんにか?」

「違うよ」

五十嵐はテーブルの上に肘をつき、孝冬のほうに身を乗りだした。

「早苗さんにさ。――早苗さんは生きてる」


それから四、五十分ののち、鈴子たちは新橋に来ていた。鈴子に孝冬、五十嵐。三人は赤煉瓦の駅舎の前で曽根を待っている。曽根が電車で来るのではなく、待ち合わせにちょうどいいからだ。

三人は曽根と合流して、早苗に会いに行く予定だった。

さきほど喫茶店で、『早苗さんは生きてる』と五十嵐は言った。

確かか、と問う孝冬に、

『誰に言ってんだ。確かだよ。疑うんなら、いまから会いに行こう』

ということになったのである。さらに早苗が生きているというなら、曽根にも知らせなくてはならない。鈴子がそう主張して、喫茶店に電話機があったのを幸いにして、小石川の曽根を呼び出したのである。早苗がいるという新橋に。

鈴子はいまだ半信半疑である。ほんとうに早苗は生きているのだろうか。別人ではないのだろうか。孝冬もそんな不安を抱いた顔をしている。

もし間違っていて、別人だったなら、曽根をぬか喜びさせてしまう——。

しばらくして、曽根が車でやってきた。鈴子たちを見つけると、運転手に何事か告げ、車はとまる。曽根は駆け足で近づいてきた。

「ほ、ほんとうですか。早苗さんが生きているって——」

曽根は緊張なのか興奮なのか、肩で息をしている。気の毒なくらい動揺しているのがわかった。電話したのは孝冬だが、おおまかなことしか告げていない。

「ほんとうですよ」と答えたのは五十嵐である。

五十嵐と曽根は初対面なので、孝冬がおたがいを手短に紹介する。

「歩きながら説明しますから、ともかく行きましょう」

と、五十嵐は先頭に立って歩きだした。柳の並木が風に揺れている。ほんのりと涼しい風だ。

五十嵐はまず、なにも知らない曽根に益枝が妾奉公の斡旋をしていたことを話す。それだけで、曽根の顔は青ざめた。早苗の運命を推測してのことだろう。

「早苗さんは、当初は益枝からいい縁談があると言われて、承知したらしいんだな。母を亡くして、先行きが不安なところに益枝はつけ込んだんだ。姪にやることかね」

五十嵐は心底、軽蔑するように吐き捨てた。

「で、益枝の経営する待合茶屋へ行ったら、さる政府高官を紹介されて、このひとに妾奉公しろと言う。早苗さんは当然ながら仰天した。断ろうとしたら、じゃあ金を返せと迫られたと。早苗さんの母親が病に倒れたときに、益枝は医者やら薬やらの面倒を見てやったそうなんだ。こういうときの弱みにするためだな。それがけっこうな金額で、早苗さんも困った。泣く泣く言うことを聞くしかないのか——と思ったが、とうの相手の政府高官のほうが、話を断ったそうだ」

ほっと、曽根が軽く息をついた。この断った政府高官とやらが、あの秘書の主人である政治家なのだろう。

「とはいえ、借金は残る。だが、それもそのとき早苗と益枝が揉めているところに居合わせた資産家がいて、このひとが早苗を気の毒がって、代わりに払ってくれたというんだ。まあ、資産家にとっちゃ雀の涙程度の金額だったわけだが。そのあと——ああ、ここだ、ここだ」

五十嵐が足をとめる。柳の植えられた路地の片隅に、こぢんまりとした小料理屋があった。暖簾は出ていない。まだ営業前なのだ。店の前はきれいに掃き清められて、水が撒かれている。小綺麗な印象だった。

五十嵐は暖簾が出ていないのも構わず、店のガラス戸を開ける。

「こんにちは。おかみさん、いるかい」

店内は細長く、客席は調理場の前に設えたものしかない。暖簾で仕切られた奥から、四十がらみの婦人が現れた。縞銘仙《しまめいせん》の上に割烹着を着て、頭には手拭いを姉さんかぶりにしている。清潔そうな佇まいだった。

説明されずともわかった。彼女が早苗だ。目をみはり、五十嵐でも孝冬でも鈴子でもない、曽根だけを見つめている。曽根もまた、固まって声も出ない様子だった。歳を経ても、やはりおたがいがわかるのだろう。

五十嵐が早苗と曽根を交互に眺めて、満足そうにうなずく。早苗がわれに返ったようにまばたきをして、そばにあった椅子を引いた。

「あ……どうぞ、こちらへ。いまお茶でも淹れますから」

ぱたぱたと足音を立てて、奥へと引っ込んでいく。鈴子たちは無言で席についた。急須を手に早苗は戻ってくる。湯呑みに茶をそそぎながら、早苗は「まさか、ほんとうにおつれになるとは思いませんでした」と微笑した。五十嵐に言っているのだろう。

「俺は、嘘は言いませんよ。言ったでしょう」

五十嵐は得意げである。

「記者より探偵のほうが向いているんじゃないか？」

孝冬が言うと、五十嵐に脛《すね》を蹴られていた。

「新橋は仕事でも利用することがよくありますが、まさか、ここにあなたがいるとは……」

曽根が絞り出したような声で言った。早苗が目を細める。目尻に皺が寄り、慈愛の籠もった表情になる。

「五十嵐さんから、どこまでお聞きになったかわかりませんが――」

「資産家が叔母さんへの借金を払ってくれたところまでですよ」

五十嵐が口を挟む。早苗はうなずいた。曽根の隣の席に腰をおろす。

「わたし、叔母のところから逃げようとしたんです」

早苗は静かに話しはじめた。

「でも、すぐに捕まりました」

嘘つき、ひとでなし――と、早苗は恥も外聞もなく罵ったという。

益枝はそんな早苗をあざ笑い、心底満足そうな顔で見ていた。瞳には憎しみがあった。

母も早苗も、恨まれるようなことをした覚えはない。どうして、と涙ながらに問うと、

「いつまでも『武家の妻女です』って澄ました顔をしているのが気に食わなかった」と言

われたという。

「叔母は……嫁いだ相手が博打打《ばくち》ちで、ずいぶん苦労をしたひとだと聞いています。母と叔母の実家はやはり旗本でしたが、明治になってからは官吏にもなれず、落ちぶれて。内藤家とおなじです。うちは父が早くに亡くなりましたが、それ以前も父は働いていませんでしたから。叔母はああ言いましたけど、わたしも母も、べつに取り澄ましていたわけじゃありません。ほかに生きかたを知らなかっただけです。昼も夜も必死に針を動かして着物をこしらえて、つましい生活をすることしか……」

早苗はさびしげに笑う。吹っ切るようにかぶりをふった。

「それで——叔母と揉めているところを、居合わせた資産家のかたが助けてくださったんです。借金がなくなって、叔母とのしがらみはなくなりましたが、だからといって借金を肩代わりしてもらって、そのままにしておくわけにもいきません。でも、そのときのわたしには蓄えもなければ働き口もありませんでしたから、どうにもしようがありませんでした。そんな話をしたら、その資産家のかたが、女中の働き口を紹介してくださったんです」

親切な資産家である。

「お給金のいいところで、助かりました。それですこしずつお金をお返しして、蓄えもできました。——料理人だった主人とも出会えて、この店を開きました」

早苗はすこし恥ずかしそうに笑った。

夫がいるのだ。曽根が一瞬身じろぎしたが、すぐにやわらかな笑みが顔に浮かぶ。安堵の笑みだった。

「ああ……そうなのですね。よかった。お幸せで」

そうか、と鈴子は思う。曽根はなにより、早苗の幸せを望んでいるのだ。昔も現在も。

哀れな幽霊は早苗ではない。早苗は幸せそうだ。それが曽根にとって、最も大事なことなのだろう。

しみじみと、やわらかな雰囲気がただよい、鈴子の胸にまで染みてくる。心地よかった。

——生きていてよかった。

それはなにものにも勝る事実だろう。

曽根は早苗と懐かしい昔話に花を咲かせるでもなく、「それでは」とだけ告げて席を立った。きっと、ふたりにはそれでじゅうぶんなのだろう。

店を出ると、曽根は心からの感謝の目を鈴子たちに向けた。

「ありがとうございました。まさか生きてふたたび早苗さんに会えるとは。皆さんのおかげです」

「まあ、大部分は五十嵐のおかげですね」

孝冬が笑う。「わかってるじゃねえか」と五十嵐が言った。

曽根も朗らかに笑い、それからふと真顔になる。

「こうなると、あの川辺の幽霊ですが――」

「そちらは、もうあなたはお忘れになっていいでしょう。どうも、私の手には余るようで、お祓いはできそうにもないのです」

実際、あの幽霊に淡路の君は反応せず、成仏できるような糸口もない。

「そうですか……。男爵の手に負えないのでしたら、私も近寄らぬほうがいいのでしょうね」

曽根は一瞬、痛ましげな目をした。このひとは、哀れな幽霊のことも思いやれるひとなのだろう、と鈴子は感じた。

どれだけ残虐で、酷いひとでも、やはり幽霊となれば哀れだ。幽霊になったからこそ、哀れなのか。

「また改めて、御礼にうかがわせてください。すこしその辺を散歩してから帰ります」

曽根はそう言って、鈴子たちと別れた。その後ろ姿は、重い荷物をおろしたように晴れやかだった。

「あともうちょっと話につづきがあるんだが」

曽根を見送ったあと、五十嵐が孝冬をふり返った。孝冬はうなずき、鈴子に向かって「車に戻りましょうか」と言った。話のつづきとはなんだろう、と鈴子は疑問に思うが、孝冬はわかっているようだった。

三人は待っていた車に乗り込む。車が発進してから、孝冬は口を開いた。

「『資産家』のことか？」

その言葉に、鈴子も、ああ、と思う。

――早苗さんを助けてくれた資産家のことか。

「ご名答」五十嵐は笑う。「揉めてるところにたまたま居合わせて、気前よく金を払ってくれた資産家、誰だと思う？」

もったいぶるところを見ると、答えはひとつだろう。

「鴻氏か」

鈴子の頭に浮かんだ名前を、孝冬が発する。

「察してると思ったよ」

「益枝や南条とかかわりがあるのか？」

「いや、わからん。ほんとうに偶然居合わせただけかもしれん。宗教団体に傾倒する性質のひとだしさ、かわいそうな娘さんの借金ぐらい、『これもなにかの縁』とか言って、気前よく払うだろ」

「そうだな……」

それはそうだろう、と鈴子も思う。八千代も慈善活動に熱心だ。

「そういや、南条についてだが、十二社の婆さんは益枝の情夫だったと言ってたぜ。ただ、そういう男はほかにもいたんだと。だからまあ、痴情のもつれの線もやっぱり濃いんだよな」

五十嵐は窓脇に肘を置き、窓から流れ込む風に目を細めている。せっかくとかした髪が、またぼさぼさになっていた。

「南条は『久我家とは親戚だ』と吹聴して、ずいぶん好き勝手やってたみたいだ。だが実際には久我家どころか生家にも縁を切られていたらしい。手癖が悪くて大法螺《おおぼら》吹き、寸借詐欺は日常茶飯事《さはんじ》、美人局《つつもたせ》に強請りたかり、その行き着いたさきが芝の新網町《しんあみちょう》さ」

東京でも有名な貧民窟のひとつである。

「最後は野垂《のた》れ死にだったらしい。新網町でも『俺は華族なんだ』とうそぶいていたそうだが。華族の親戚から華族になってるんだから、ほんとうにたいした大法螺吹きだよ。

『俺は華族だ、松印様と呼べ』とかなんとか」

「――え？」

鈴子は思わず声をあげた。五十嵐が驚いた顔で鈴子を見る。

「え？　なにかおかしなことを言いましたか？」

それに答えたのは、孝冬だった。

「五十嵐、南条は『松印様と呼べ』と言っていたのか？　つまり、松印を自称していた？」

問い詰める孝冬に五十嵐は気圧《けお》された様子で、「お、おう」とうなずいた。

「そうらしい。松印ってのは、あれだろ、おまえのほうが詳しいか。華族が使うお印ってやつだよな。南条はお印もなにもないだろうに、家では使用人からそう呼ばれていたと宣《のたま》っていたんだと」

南条が死んだのはいつだと言っていたか――五年前か。鈴子は頭のなかで様々な言葉が渦巻き混沌として、なにひとつまとまらない。松印。南条は松印を称していた。

「なんだよ？　なにかおかしいか？」

孝冬も黙り込んでいるので、五十嵐が困惑している。

「……悪いんだが、南条について、もっと詳しく教えてくれないか？」

「詳しくといったって、これまで話した以上のことはないぜ。ああ、名前は宏通《ひろみち》なんてたいそうな名を名乗ってたが、本名は宏《ひろし》だ」

「野垂れ死んだと言ったが、自然死なのか？　殺されたとかではなく？」

「物騒な死にかたじゃあなかったみたいだぜ。惨めな最期《さいご》ではあっただろうけどな」

「新網町に、南条の知り合いがいるのか？」

「いや、十二社の婆さんから聞いただけだよ。婆さんも、又聞きというか、巷《ちまた》で噂になってたのを小耳に挟んだって程度だ。あの界隈でも南条に金を貸したり強請られたりで痛い目を見た女が当時けっこういて、いい気味だ、ってなもんで知れ渡ったみたいだな」

「そうか……」

「なんなら、もっと突っ込んだ話を訊いてこようか？　これでも花街で話を聞き出すのは得意なんだ。ほかにも知ってるひとが出てくるかもしれん」

「そうだな。仕事に差し障りのない範囲でいいんだが、頼む。礼はするよ」

「酒と煙草を奢《おご》ってくれりゃ、それでいい」

五十嵐はそう言って、磊落に笑った。

＊

その日の夜、孝冬は紅葉館《こうようかん》に来ていた。仕事絡みの酒宴に出席するためだが、目的はほかにあった。

「降矢さん、おひさしぶりです」

孝冬は銚子を手に降矢篤のかたわらに腰をおろした。

「ああ、花菱男爵。その節はどうも」

篤は淡々と言って、会釈をした。どの節かわからない。彼の妹の件か、波田氏の件か。

孝冬は篤の盃に酒を注ぎ、世間話をする。労働争議がどうの、陸軍大臣が、原首相がどうのといった会話をひとしきりしたあと、篤は盃の酒を飲み干し、「それで、私になにか御用ですか」と涼しい顔で言った。それなりに愛想よく話を合わせはするが、無駄な世間話を嫌うひとである。早々と用件を訊いてくるだけ、打ち解けているということでもあろう。

「実は、少々お尋ねしたいことがありまして」

篤は目顔でさきを促す。

「義理の兄に縁談が持ちあがっているのです。それで、お相手の渡家についておうかがいできればと」

「義理の兄——というと、瀧川侯爵家の？」

「ええ、上の兄のほうです」

「ご嫡男ですね。外務省にお勤めの」

さらりと出てくる。孝冬はうなずいた。

「渡家との縁談ですか。ではお相手は照《てる》お嬢さんでしょうね。ずいぶんと優秀なお嬢さんだそうですよ。縁談も片っ端からはねつけていると聞きましたが」

「そうでしたか。では、義兄の縁談も突っぱねられるでしょうか」

「さすがに侯爵家ともなると、どうでしょうね。渡家にとっては、願ってもないご縁でしょうから」

「片っ端からはねつけている、というのは、なぜでしょう？」

篤はすこし笑った。

「結婚となると、女学校を中途退学させられますからね。それが我慢ならないようです」

「気骨のあるお嬢さんなのですね」

「一度お会いしたことがありますが、しっかりしたお嬢さんですよ。古風な家のしきたりには馴染まないでしょう」

ある意味、鈴子と似ているのかもしれない——と孝冬は思った。

「渡家自体は、どうでしょうね。私は悪い話を聞いたことがありませんが」

「悪くはないでしょう。いい縁談だと思いますよ」

篤は深く踏み込まない。孝冬は彼の表情をさぐるが、篤はまったく顔に出ないたちのひとなので、なにを考えているかまるで読めない。眼鏡も邪魔している。

「……降矢さんは、鴻氏をご存じですよね」

孝冬は違う質問をぶつけてみた。篤は不可解そうな目を孝冬に向ける。ようやく感情らしきものが見えた。

「もちろん、知ってますよ。面識もあります。仕事でかかわることも、たびたびありますから」

それがなにか？　という顔をしている。

「いえ——そうですか。ちょっと気になったもので」

篤はますますけげんそうな表情になる。

「あなたは無駄な質問はしないでしょう。縁談となにか関係が？」

「いえ、そちらとは無関係です。個人的に、鴻氏のことを知りたいと思っているもので」

「鴻さんと商売の話でもありますか。あのひとなら仕事相手として手堅いと思いますがね」

「そうですね」

篤の様子からは、言葉にした以上のかかわりが鴻とあるとは思えない。

なんとなく消化不良のまま、孝冬は取引先の社長に声をかけられたのをしおに、篤のそばを離れた。

*

鈴子は神田川を眺めていた。小石川の、例の川辺である。小石川にある華族邸で茶会が催されたので、参加した帰りだった。華族の夫人たちに交わり、いくらか疲れてもいた。夫人たちは皆やさしく、品よく、善良だったが、ずっといると息苦しい。実際は皆そう感じているのか、鈴子だけがそうなのかはわからない。己だけが異質だと思い込むのは傲慢だろう。ともかく緊張から解放されたあとの疲れが、じわじわと首あたりに広がっていた。

御付のタカには車で待ってもらっており、鈴子はひとり、川辺に佇んでいる。周囲にひと気はない。川から吹きつける風はひんやりと冷たかった。

益枝の幽霊は、あいかわらず木陰にうなだれて立っている。ところどころ白粉の剝げた首。歳に似合わぬ桃色の着物。たるんだ顎肉。目は濁り、じっとりと地面をにらんでいる。あの幽霊は、どうにもすることができない。成仏するすべは見つけられなかったし、淡路の君も現れなかった。

——淡路の君に現れてほしかったのだろうか。

期待していたのだろうか。どうにもならない幽霊を、彼女は食らってくれる。

鈴子は益枝の幽霊を見つめる。益枝の目はずっと、淀んでいる。川底に沈殿する泥のように。

「彼女は、ずっと世間を妬《ねた》んでいるのですよ」

背後から声がして、鈴子はぎくりとふり返った。

八千代がいた。すこし離れたところに清充がいて、困惑顔をしていた。彼は八千代の付き添いだろう。

「鈴子さん、さきほどまで小石川の伯爵邸にいらしたでしょう。わたくしもいたのですよ、お気づきにはなりませんでしたね」

「嘘です。あなたはいませんでした」

鈴子はきっぱりと言う。盛大な園遊会というわけでもなし、八千代がいれば、さすがに気づく。

ほほ……と、八千代は袂で口を覆い、笑う。

「いえいえ、たしかにわたくしは茶会の広間にはおりませんでしたけれど、別室でご夫人がたのお悩みをひとりひとりお聞きしていたのです。お気づきにはなりませんでしたか、ときおり部屋を抜け出すご夫人がいたことに」

そう言われれば、ときおり中座する夫人がいたが——しかし、お手水《ちょうず》だとばかり思っていた。それが、別室で悩みを相談していた？

——ほんとうかしら。

鈴子は眉をひそめる。

「なぜ、そのような真似をする必要があるのですか」

「わたくしが個別にご夫人がたのもとを訪れたら、なにかと不都合がございますの。どこからお悩みが漏れるかわかりませんし、ご主人に怪しまれても困ります。ああした茶会を隠れ蓑《みの》にご相談をお受けするのが、最良なのでございます」

「……お悩みとは？」

「まさか、それはいくら鈴子さんでもお話しすることはできません」

——燈火教へ勧誘しているのではないのかしら。

鈴子はいまだ、八千代が燈火教とは袂を分かっているというのを信じきってはいない。

「誓って申し上げますけれど、燈火教とは関係ございません」

鈴子の疑いを読んだように、八千代は言った。

「ご夫人がたは、誰にも話せぬ悩みがおありになるものです。あなたもいくらかおわかりになるでしょう？　華族の家のたいへんさは……」

つまりは、家庭内の悩みを聞いている、ということだろうか。主人の女性関係やら、家の金銭問題やら、そうした悩みは鈴子だって知っている。瀧川家がそうだからだ。

すっと、八千代は益枝の幽霊を指さした。

「あのひとは、哀れなひとですよ。旗本の家に生まれながらご維新で没落、身を持ち崩して博打打ちと一緒になって、いっそう苦労して。いっぽうで姉はおなじ元旗本の家に嫁いで、小綺麗な一軒家に住んでいる。おなじように夫を亡くしたけれど、姉はそれでも変わらず堅気の暮らし、かたや己は落ちるところまで落ちてしまった。そういう具合です」

八千代は手をおろし、かなしげな笑みを浮かべた。

「殺されるようなことになる前に、助けてあげられたらよかったのですけれど。ああして身を持ち崩した女性が、どれだけいることでしょう。上も下も関係なく、苦しんでいる女性というのはたくさんいるのですよ。わたくしは、それが哀れでなりません」

益枝に向けられる八千代の目は、軽蔑でも恐れでもなく、慈愛と憐憫に満ちていた。

八千代が益枝の幽霊に向ける感情は、鈴子にも理解できた。鈴子もまた、似たような思いを幽霊に対して抱くからだ。

「幽霊たちが哀れなのは、己では己を救えぬからですよ。おわかりになりますね」

八千代が言う。

「救いがたい存在……でも、それを救ってくれるのが淡路の君なのですよ」

鈴子は八千代の顔をまじまじと眺めた。

「わたくしが故郷の島にいるときから、花菱家の怨霊のことは存じておりましたよ。そうした家系でしたの。巫女《みこ》の……」

ふふ、と八千代は笑みを洩らす。

「誰にも祓えぬ魔と化した哀れな幽霊を、淡路の君は救ってくれるのです。わたくしは、死後が怖くなくなりましたよ。わたくしが魔と化しても、淡路の君が救ってくれるでしょう」

八千代は穏やかな笑みを浮かべている。

「救う……」

鈴子はつぶやく。実際に目の当たりにすると、淡路の君は幽霊を捕食しているようにしか見えないのだが——。

「そうですよ。淡路の君は、哀れな幽霊を救っているのです」

彼女も——と、八千代は益枝の幽霊を見やる。

「いまは救われずとも、ときがたって魔と化せば、淡路の君が救ってくれるはずです」

鈴子には、八千代の言葉が理解できるところと、理解できぬところがあった。

「きっと、いずれあなたにもわかります」

見透かしたように言う。

八千代はほほえみ、一礼すると、去っていった。

鈴子はうなだれた益枝の幽霊を、ただじっと見つめていた。

＊

縁談の件で嘉忠お兄様とそのうち食事を——と思っていたら、ある日、嘉忠のほうから鈴子と孝冬に食事の誘いがあった。

「お忙しいでしょうに、申し訳ない」

料亭の一室で、嘉忠は孝冬に言った。

「いえ、お誘いいただけてうれしいです。私も嘉忠さんとは一度ゆっくりお話ししたいと思っておりましたので」

孝冬はにこやかに応じる。嘉忠はいつにもまして生真面目そうな顔をしていた。

「でも、どうかなさったの？　急に一緒に食事でも、だなんて」

鈴子が訊くと、「うん、まあ」と嘉忠は煮え切らない返事をした。

「縁談をどう断ろうか考えてらっしゃるの？」

「うっ」

嘉忠は言葉につまり、目を泳がせる。図星だったらしい。

「もしや、わたしたちから麻布の叔母様にお断りしてほしいとでも？」

「い、いや、いくらなんでもそこまでは思ってない。ただ、どう断ったら角が立たないかと……今回は、麻布の叔母さんもずいぶん乗り気で、一度会ってみろとしつこくて」

嘉忠はため息をついた。

「一度お会いしてみればいいじゃありませんか。そのうえで、気が向かなければお断りすれば」

「そういうわけにはいかないだろう。はなからその気もないのに会って断るなんて、失礼じゃないか」

「その気になるかもしれませんよ」と言ったのは、孝冬だ。

「案外、意気投合するかもしれません」

嘉忠は渋面になっている。

「お兄様、それとも意中のかたでもいらっしゃるの？」

「いないよ。ただ、いまはそういう気になれなくてさ……」

ほかにもぐずぐずと言い訳を述べる。途中で料理の膳が運ばれてきたので、鈴子はそちらに意識が向いた。烏賊と若布《わかめ》のぬた和え、鯛や鰈《かれい》の刺身、海老の天ぷら、浅蜊《あさり》の吸い物……。どれもおいしそうだ。

「鈴子はどうして、結婚する気になったんだい？」

箸をとったところだった鈴子は、え？　と顔をあげた。

「鈴子だって、ずっと縁談を断っていたじゃないか。相手に会いもしないで」

「え、ええ……そうですけれど」

まさか、脅されて――とは言えまい。鈴子は孝冬を見やる。彼は苦笑いしていた。

「それは、その……どうしてだったかしら。ただ、自分の目で確かめようと思ったのよ。千津さんも言ったから。『一度見に行ってごらんなさいよ』と」

「へえ……」

嘉忠は目をしばたたいて、そうか、とつぶやいた。

「鈴子は……偉いな」

そんなことを言うので、鈴子は箸で烏賊をつまんだまま、嘉忠のほうを見た。

「偉いわけじゃないわ、お兄様」

「いや、偉いよ。俺はだめなんだ。怖くてさ」

嘉忠はしんみりと言って、箸をとった。鈴子はそれ以上、縁談をすすめかねて、ただ料理を口に運んだ。嘉忠にとって、思ったよりもずっと、両親のことは――ことに亡くなった実母のことは、胸に傷を残しているのだろう。

「ご縁があれば、そのうち物事は自然と進みますよ」

孝冬が、やさしげな目を嘉忠に向ける。

「無理に縁談に臨む必要はありませんし、気がすすまなければお断りすればいいんです」

嘉忠は孝冬を見て、ふっと笑った。

「鈴子とあなたは、瀧川の家のほうから、縁談をすすめるよう言われていたのではありませんか。姉さんがたや千津さんの差し金で」

「ええ、まあ、それはそうですが。無理を通したところで、皆、不幸になるだけですから」

その言葉に、嘉忠は泣き笑いのような顔になった。

「ありがとう。あなたは誠実なひとですね。鈴子の選んだ夫があなたでよかった」

嘉忠は頭をさげる。だから、孝冬が複雑な顔をしたのは、見えなかっただろう。

——わたしが選んだわけではない、とでも思っていそう。

と、鈴子は思った。淡路の君に選ばれて、否応なしに結婚することになっただけだ——と。

それは事実だが、もはやどうという意味もない事実なのだ。鈴子は不思議だった。己がこんなふうに思うときが来るとは思っていなかった。

——わたしはわたしが選んで、いまここにいるのだ。

それを鈴子は、何度か言葉を変えて孝冬に伝えていると思うのだが、彼に通じているかどうかわからない。一生、彼はある種の負い目から逃れられないのかもしれない。鈴子を花菱の運命に引き込んでしまったと。

それもまた、鈴子と孝冬をつなぐ鎖であり、縁であるのだろう。

食事を終え、鈴子と孝冬は料亭の前で嘉忠と別れた。ふたりは車に乗り込み、花菱邸へと向かう。夜の闇が濃い。遠くに夜市の明かりが薄ぼんやりと見える。この日は盛夏の暑さがぶり返して、日が暮れても妙に生ぬるい風が吹く。

「日が短くなりましたね」

孝冬がぽつりと言う。

「そうですね」

晩夏の夜は、なんとはなしにうら寂しさを覚える。虫の音のせいだろうか。

風が鈴子の髪をひと筋、ほつれさせる。孝冬の手が伸びて、それをそっと撫でつけた。

鈴子は、無意識のうちに孝冬の手の動きを目で追っていた。視線に気づいた孝冬が、「おいやでしたか」と問うた。

「いいえ」

孝冬の目をまっすぐ見つめる。孝冬はたじろぐように瞳を揺らして、すこし笑った。

「あなたの目は、夜の闇のようですね」

「怖いということですか？」

「いいえ、包み込まれるような安心感があります」

孝冬は実際、安らいだ様子で表情を緩めた。

「わたしもあなたといると安心する……ような気がいたします」

安心、というのとは違うのだろうか。鈴子は、孝冬がそばにいると、ほっとするような

──いや、ぽっと胸に小さな明かりが灯ったような心地がするのだ。喜びも哀しみも一緒くたになった灯火だ。苦楽も吉凶も切り離せない、孝冬とのあいだには、すべてがある。そのすべてを、貴重な、得難いものだと思う。

この気持ちをどう言い表したらいいのか、わからない。

孝冬は穏やかにほほえんでいる。鈴子の目が夜の闇なら、彼の目はなんだろう。どこか不安げで、さびしげで、翳のある瞳。残照と薄闇が同居している黄昏か。暗闇にまたたく星か。

いずれにしても──と、鈴子は思う。

そっと包み込むように大事にしたい。彼のことも、この胸に灯る小さな灯火も。

そう思った。

光文社文庫

文庫書下ろし
花《はな》菱《びし》夫《ふ》妻《さい》の退《たい》魔《ま》帖《ちょう》 四
著 者 白《しら》 川《かわ》 紺《こう》 子《こ》

2024年7月20日 初版1刷発行

発行者 三 宅 貴 久
印 刷 新 藤 慶 昌 堂
製 本 フォーネット社

発行所 株式会社 光 文 社
〒112-8011 東京都文京区音羽1-16-6
電話 (03)5395-8147 編 集 部
8116 書籍販売部
8125 制 作 部

落丁本・乱丁本は制作部にご連絡くだされば、お取替えいたします。
ISBN978-4-334-10367-5 Printed in Japan

組版 萩原印刷